पेंगुइन स्वदेश

कहानियों के आंगन में

अमृता प्रीतम पंजाबी के सबसे लोकप्रिय लेखकों में से एक हैं। अमृता प्रीतम का जन्म 1919 में गुजरांवाला पंजाब (भारत) में हुआ। उनका बचपन लाहौर में बीता और शिक्षा भी वहीं हुई। किशोरावस्था से उन्होंने लिखना शुरू किया। उन्होंने सौ से अधिक कविताओं की पुस्तकें लिखीं, साथ ही फिक्शन, बायोग्राफी, आलेख और आटोबायोग्राफी लिखकर साहित्य में नया मुकाम हासिल किया। इनकी तमाम पुस्तकों का कई भारतीय भाषाओं सहित विदेशी भाषाओं में भी अनुवाद हुआ। अमृता प्रीतम पहली महिला लेखिका हैं, जिन्हें 1956 में साहित्य अकादमी पुरस्कार मिला। 1982 में उन्हें *काग़ज़ ते कैनवास* के लिए ज्ञानपीठ पुरस्कार मिला। 2004 में पद्मविभूषण भी प्रदान किया गया।

कहानियों के आंगन में

अमृता प्रीतम

पेंगुइन स्वदेश
पेंगुइन रैंडम हाउस इंप्रिंट

पेंगुइन स्वदेश

यूएसए। कनाडा। यूके। आयरलैंड। ऑस्ट्रेलिया। सिंगापुर
न्यू ज़ीलैंड। भारत। दक्षिण अफ्रीका। चीन

पेंगुइन स्वदेश, पेंगुइन रैंडम हाउस ग्रुप ऑफ़ कंपनीज़ का हिस्सा है,
जिसका पता global.penguinrandomhouse.com पर मिलेगा

पेंगुइन रैंडम हाउस इंडिया प्रा. लि.,
चौथी मंज़िल, कैपिटल टावर-1, एम जी रोड,
गुरुग्राम 122 002, हरियाणा, भारत

पेंगुइन
रैंडम हाउस
इंडिया

प्रथम हिन्दी संस्करण हिन्द पॉकेट बुक्स द्वारा 1997 में प्रकाशित
प्रस्तुत हिंदी संस्करण पेंगुइन स्वदेश में पेंगुइन रैंडम हाउस द्वारा 2026 में प्रकाशित

10 9 8 7 6 5 4 3 2

इस पुस्तक में व्यक्त विचार लेखक के अपने हैं, जिनका यथासंभव तथ्यात्मक
सत्यापन किया गया है और इस संबंध में प्रकाशक एवं सहयोगी
प्रकाशक किसी भी रूप में उत्तरदायी नहीं हैं।

ISBN 9789353497118

मुद्रकः रेप्रो इंडिया लिमिटेड

www.penguin.co.in

This is a legitimate digitally printed version of the book and therefore might not have certain extra finishing on the cover.

यह संकलन

किसी कहानी का किरदार जब कहानी के आंगन में बैठता है,उसकी जिन्दगी के बिखरे-बिखरे अहसास, कहानी की सूरत में सघन हो कर उस आंगन की दरोदीवार बनते हैं और उसे किस तरह वह आंगन अपना लगता है, इसी का कुछ अध्ययन यह पुस्तक है—कहानियों के आंगन में···

हो सकता है कि इस आंगन की ओट पा कर वह ख़ामोश एक राहत की सांस लेता रहे और अपने भीतर इस तरह उतर जाए, जहां अपना एकान्त और अपनी ख़ामोशी किसी से बांटी नहीं जा सकती, पर हो सकता है, वह अपनी किसी तस्कीन–तसल्ली को अपनी आवाज़ में ढाल दे और हौले से मुस्करा दे, कहे, देखो! यह आंगन मेरा है···

यहां मैंने अपनी सिर्फ़ कहानियां दी है, जिनके किरदार दूसरी तरह के हैं और जिन्होंने चाहा कि उनका घर-आंगन एक नज़र देखा जा सकता है···

वह लड़की

बहुत साल हो गए हैं, एक दिन अचानक एक लड़की मेरे पास आई थी,और बहुत देर ख़ामोश बैठने के बाद उसने कहा था—'मेरी ज़िन्दगी पर एक उपन्यास लिख दीजिए"; मैंने पूछा था— आप कौन है? और ज़िन्दगी का कौन सा तकाज़ा है कि आप उसे कुछ कागजों पर उतारना चाहती है? तो उसने अपने संकोच को जाने कैसे अपने हाथ में ले लिया और कहने लगी—मैं एक काल गर्ल हूं।"

इस ज़मीन पर लिखने के लिए बहुत सा ब्योरा चाहिए था, जो मेरी जानकारी में नहीं था। और वह इसरार करती रही कि कुछ एक बार वह आती रहेगी, और ब्योरा देती रहेगी।

उससे दो बार मुलाकात हुई, बहुत नहीं हो पाई। उन दिनों वह पुलिस से परेशान थी। एक बार ऐसा भी हुआ कि पुलिस ने कुछ एक दिन उसे हिरासत में रखा। फिर उसी ने मुझे बताया—कि वह किसी तरह देश से बाहर जाने का रास्ता खोज रही है। वह इन उलझे हुए हालात से किसी तरह छूटना चाहती थी···

जितना ब्योरा वह दे पाई थी, मैंने उसके कुछ नोट्स ले लिए थे, और फिर वह सिलसिला टूट गया। उसे देश से बाहर जाने का रास्ता मिल गया, और वह अपने बच्चे को लेकर इस देश से चली गई। और मेरे पास उसकी ज़िन्दगी का जितना भी ब्योरा पड़ा था, वह मेरे मेज के एक दराज़ में पड़ा रहा ··· !

बरसों बाद एक दिन वह कागज़ मेरे हाथ लगे, और कुछ एक ब्योरा ऐसा था,जो कागज़ों को मेरे हाथ से छूटने नहीं देता था। और उसी ब्योरे को लेकर मैंने एक कहानी लिखी है। 'बृहस्पतिवार का व्रत', उपन्यास लिखने के लिए यह ब्योरा काफी नहीं था।

मैं नहीं जानती कि अब वह कहां है? लेकिन वह इस काल गर्ल की ज़िन्दगी से निकलना चाहती थी, एक रास्ता खोज पाई, अब यही कह सकती हूं कि खुदा करे, उसके बीते हुए दिनों की परछाइयां उसके बदन से उतर जाएं, वह अपने को और अपने बच्चे को बीते हुए दिनों से मुक्त, कोई भविष्य दे पाए !

•

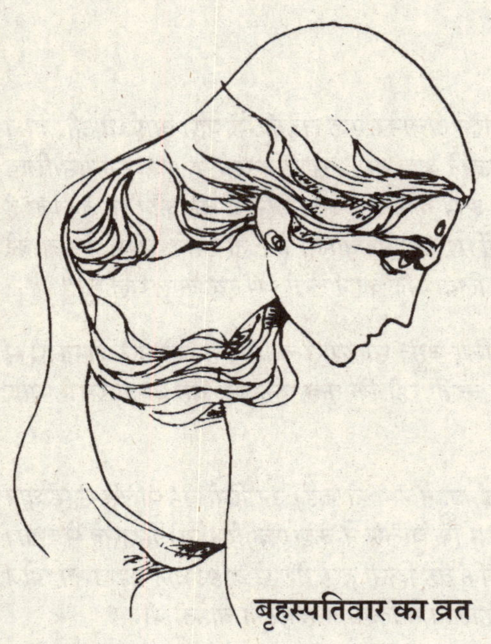

बृहस्पतिवार का व्रत

आज बृहस्पतिवार था, इसलिए पूजा को आज काम पर नहीं जाना था···

बच्चे के जागने की आवाज से पूजा जल्दी से चारपाई से उठी और उसने बच्चे को पालने में से उठाकर अपनी अलसायी-सी छाती से लगा लिया, "मन्नू देवता! आज रोना नहीं, आज हम दोनों सारा दिन बहुत-सी बातें करेंगे···सारा दिन···।"

यह सारा दिन पूजा को हफ्ते में एक बार नसीब होता था। इस दिन वह मन्नू को अपने हाथों से नहलाती थी, सजाती थी, खिलाती थी और उसे कन्धे पर बिठाकर आसपास के किसी बगीचे में ले जाती थी।

यह दिन आया का नहीं, मां का दिन होता था···

आज भी पूजा ने बच्चे को नहला-धुलाकर और दूध पिलाकर जब चाबी

वाले खिलौने उसके सामने रख दिये, तो बच्चे की किलकारियों से उसका रोम-रोम पुलकित हो गया…

चैत्र मास के प्रारम्भिक दिन थे। हवा में एक स्वाभाविक खुशबू थी, और आज पूजा की आत्मा में भी एक स्वाभाविक ममता छलक रही थी। बच्चा खेलते-खेलते थककर टाँगों पर सिर रखकर ऊंधने लगा, तो उसे उठाकर गोदी में डालते हुए वह लोरियों जैसी बातें करने लगी—"मेरे मन्नू देवता को फिर नींद आ गयी…मेरा नन्हा-सा देवता…बस थोड़ा-सा भोग लगाया, और फिर सो गया…।"

पूजा ने ममता से विभोर होकर मन्नू का सिर भी चूम लिया, आँखें भी, गाल भी, गरदन भी—और जब उसे उठाकर चारपाई पर सुलाने लगी तो मन्नू कच्ची नींद के कारण जागकर रोने लगा।

पूजा ने उसे उठाकर फिर कन्धे से लगा लिया और दुलारने लगी, "मैं कहीं नहीं जा रही, मन्नू! आज मैं कहीं नहीं जाऊंगी…।"

लगभग डेढ़ वर्ष के मन्नू को शायद आज भी यह अहसास हुआ था कि मां जब बहुत बार उसके सिर व माथे को चूमती है, तो उसके बाद उसे छोड़कर चली जाती है।

और कन्धे से कसकर चिपटे हुए मन्नू को वह हाथ से दुलारते हुए कहने लगी, "हर रोज तुम्हें छोड़कर चली जाती हूं न…जानते हो कहां जाती हूं? मैं जंगल में से फूल तोड़ने नहीं जाऊंगी, तो अपने देवता की पूजा कैसे करूंगी?"

और पूजा के मस्तिष्क में बिजली के समान वह दिन कौंध गया, जब एक 'गेस्ट हाउस' की मालकिन मैडम डी० ने उसे कहा था—"मिसिज नाथ! यहां किसी लड़की का असली नाम किसी को नहीं बताया जाता। इसलिए तुम्हें जो भी नाम पसन्द हो, रख लो।"

और उस दिन उसके मुंह से निकला था-"मेरा नाम पूजा होगा।"

गेस्ट हाउस वाली मैडम डी. हंस पड़ी थी—"हां, पूजा ठीक है, पर किस मन्दिर की पूजा?"

ओर उसने कहा था—"पेट के मन्दिर की।"

मां के गले से लगी बांहों ने जब बच्चे की आँखों में इत्मीनान की नींद भर दी, तो पूजा ने उसे चारपाई पर लिटाते हुए पैरों के बल चारपाई के पास बैठकर अपना सिर उसकी छाती के निकट, चारपाई की पाटी पर रख दिया और कहने लगी—"क्या तुम जानते हो, मैंने अपने पेट को उस दिन मन्दिर क्यों कहा था? जिस मिट्टी में से किसी देवता की मूर्ति मिल जाये, वहां मन्दिर बन जाता है—तू मन्नू देवता मिल गया तो मेरा पेट मन्दिर बन गया···।"

और मूर्ति को अर्घ्य देने वाले जल के समान पूजा की आँखों में पानी भर आया, "मन्नू मैं तुम्हारे लिए फूल चुनने जंगल में जाती हूं। बहुत बड़ा जंगल है, बहुत भयानक, चीतों से भरा हुआ, भेड़ियों से भरा हुआ, साँपों से भरा हुआ···।"

और पूजा के शरीर का कंपन, उसकी उस हथेली में आ गया, जो मन्नू की पीठ पर पड़ी थी··· और अब वह कम्पन शायद हथेली में से मन्नू की पीठ में भी उतर रहा था।

उसने सोचा—मन्नू जब बड़ा हो जायेगा, जंगल का अर्थ जान लेगा, तो माँ से बहुत नफरत करेगा—तब शायद उसके अवचेतन मन में से आज का दिन भी जागेगा, और उसे बतायेगा कि उसकी माँ किस तरह उसे जंगल की कहानी सुनाती थी—जंगल के चीतों की, जंगल के भेड़ियों की और जंगल के साँपों की—तब शायद···उसे अपनी माँ की कुछ पहचान होगी।

पूजा ने राहत और बेचैनी का मिला-जुला साँस लिया। उसे अनुभव हुआ जैसे उसने अपने पुत्र के अवचेतन मन में अपने दर्द के एक कण को अमानत की तरह रख दिया हो···

पूजा ने उठकर अपने लिए चाय का एक गिलास बनाया और कमरे में लौटते हुए कमरे की दीवारों को ऐसे देखने लगी जैसे वह उसके व उसके बेटे के चारों ओर बनी हुई किसी की बहुत ही प्यारी बाहें हों··· उसे उसके वर्तमान से भी छिपाकर बैठी हुई···

पूजा ने एक नजर कमरे के उस दरवाजे की तरफ देखा—जिसके बाहर उसका वर्तमान बड़ी दूर तक फैला हुआ था ···

शहर के कितने ही गेस्ट-हाउस, एक्सपोर्ट के कितने ही कारखाने, एअर-लाइन्स के कितने ही दफ्तर और साधारण कितने ही कमरे थे, जिनमें उसके वर्तमान का एक-एक टुकड़ा पड़ा हुआ था···

परन्तु आज बृहस्पतिवार था—जिसने उसके व उसके वर्तमान के बीच में एक दरवाजा बन्द कर लिया था।

बन्द दरवाजे की हिफाजत में खड़ी पूजा को पहली बार यह खयाल आया कि उसके धन्धे में इस बृहस्पतिवार को छुट्टी का दिन क्यों माना है?

इस बृहस्पतिवार की गहराई में अवश्य कोई राज़ होगा—वह नहीं जानती थी, अतः खाली-खाली निगाहों से कमरे की दीवारों को देखने लगी···

इन दीवारों के उस पार उसने जब भी देखा था उसे कहीं अपना भविष्य दिखाई नहीं दिया था, केवल यह वर्तमान था···जो रेगिस्तान की तरह शहर की बहुत-सी इमारतों में फैल रहा था···

और पूजा यह सोचकर काँप उठी कि यही रेगिस्तान उसके दिनों से महीनों में फैलता हुआ—एक दिन महीनों से भी आगे बरसों में फैल जायेगा।

और पूजा ने बन्द दरवाजे का सहारा लेकर अपने वर्तमान से आँखे फेर लीं।

उसकी नजरें पैरों के नीचे फर्श पर पड़ी, तो बीते हुए दिनों के तहखाने में उतर गयीं।

तहखाने में बहुत अँधेरा था···बीती हुई ज़िन्दगी का पता नहीं क्या-क्या, कहाँ-कहाँ पड़ा हुआ था, पूजा को कुछ भी दिखाई नहीं दे रहा था।

परन्तु आँखें जब अँधेरे में देखने कि अभ्यस्त हुई तो देखा—तहखाने के बायीं तरफ दिल की ओर एक कण-सा चमक रहा था।

पूजा ने घुटनों के बल बैठकर उसे हाथ से छुआ।

उसके सारे बदन में एक गरम-सी लकीर दौड़ गयी और उसने पहचान लिया—यह उसके इश्क का ज़र्रा था, जिसमें कोई आग आज भी सलामत थी।

और इसी रोशनी में नरेन्द्र का नाम चमका—नरेन्द्र नाथ चौधरी का जिससे उसने बेपनाह मुहब्बत की थी।

और साथ ही उसका अपना नाम भी चमका—गीता, गीता श्रीवास्तव।

वह दोनों अपनी-अपनी जवानी की पहली सीढ़ी चढ़े थे···जब एक-दूसरे पर मोहित हो गये थे।

परन्तु चौधरी और श्रीवास्तव दो शब्द थे—जो एक-दूसरे वजूद से टकरा गये थे।

उस समय नरेन्द्र ने अपने नाम से चौधरी व गीता ने अपने नाम से श्रीवास्तव शब्द झाड़ दिया था।

और वह दोनों टूटे हुए पंखों वाले पक्षियों की तरह हो गये थे।

चौधरी और श्रीवास्तव दोनों शब्दों की एक मजबूरी थी—चाहे अलग-अलग तरह की थी। चौधरी शब्द के पास अमीरी का गरूर था। इसलिए उसकी मजबूरी उसका यह भयानक गुस्सा था, जो नरेन्द्र पर बरस बड़ा था। और श्रीवास्तव के पास बीमारी और गरीबी की निराशा थी–जिसकी मजबूरी गीता पर बरस पड़ी थी, और पैसे के कारण दोनों को कॉलेज की पढ़ाई छोड़नी पड़ी थी।

और जब एक मन्दिर में जाकर दोनों ने विवाह किया था, तब चौधरी और श्रीवास्तव दोनों शब्द उनके साथ मन्दिर में नहीं गये थे। और मन्दिर से वापिस लौटते कदमों के लिए चौधरी-घर का अमीर दरवाजा गुस्से के कारण बन्द हो गया था और श्रीवास्तव-घर का गरीबी की मजबूरी के कारण।

फिर किसी रोजगार का कोई भी दरवाजा ऐसा नहीं था, जो उन दोनों ने खटखटाकर न देखा हो। सिर्फ देखा था कि हर दरवाजे से मस्तक पटक-पटकर उन दोनों के मस्तकों पर सख्त उदासी के नील पड़ गये थे।

रातों को वह बीते हुए दिनों वाले होस्टलों में जाकर, किसी अपने जानने वाले के कमरे में पनाह माँग लेते थे और दिन में उनके पैरों के लिए सड़कें खुल जाती थीं।

वही दिन थे—जब गीता को बच्चे की उम्मीद हो आयी थी।

गीता की कॉलेज की सहेलियों ने और नरेन्द्र के कॉलेज के दोस्तों ने उन दिनों में कुछ पैसे इकट्ठे किये थे, और दोनों ने जमुना पार की एक नीची बस्ती में सरकण्डों की एक झुग्गी बना ली थी—जिसके बाहर चारपाई बिछाकर गीता आलू गोभी और टमाटर बेचने लगी थी, और नरेन्द्र नंगे पाँव सड़कों पर घूमता हुआ काम ढूँढने लगा था।

खैरायती हस्पताल के दिन और भी कठिन थे—और जब गीता अपने सात दिन के मन्नू को गोद में लेकर, सरकण्डों की झुग्गी में वापिस आयी थी—तो बच्चे के लिए दूध का सवाल भी झुग्गी में आकर बैठ गया था।

और कमेटी के नलके से पानी भरकर लाने वाला समय।

पूजा के पैरों से दर्द की एक लहर उठकर आज भी, उसके पैरो को सुन्न करती हुई, ऊपर उसकी रीढ़ की हड्डी में फैल गयी, जैसे उस समय फैलती थी, जब वह गीता थी, और उसके हाथ में पकड़ी हुई पानी की बाल्टी का बोझ, पीठ में भी दर्द पैदा करता था, और गर्भ वाले पेट में भी।

पूजा ने तहखाने में पड़े हुए दिनों को वहीं हाथ से झटककर अँधेरे में फेंक दिया और उस सुलगते हुए कण की ओर देखने लगी, जो आज भी उसके मन के अँधेरे में चमक रहा था।

जब वह घबराकर नरेन्द्र की छाती से कसकर लिपट जाती थी—तो उसकी अपनी छाती में से एक सुख पिघलकर उसकी रगों में दौड़ने लगता था।

पूजा के पैरों से फिर एक कंपन उसके माथे तक गया—जब तहखाने में पड़े हुए दिनों में से—अचानक एक दिन उठकर कांटे की तरह उसके पैरों में चुभ गया—जब नरेन्द्र को हर रोज-हल्का बुखार चढ़ने लगा था, और वह मन्नू को नरेन्द्र की चारपाई के पास डालकर नौकरी तलाश करने चली गयी थी।

उसे यह विचार आया कि वह इस देश में जन्मी-पली नहीं थी, बाप की तरफ से वह श्रीवास्तव कहलाती थी, परन्तु वह नेपाल की लड़की थी, माँ की तरफ से नेपाली, इस कारण उसे शायद अपने या किसी और देश के दूतावास में जरूर कोई नौकरी मिल जायेगी—और इसी सिलसिले में यह सब्जी बेचने का काम नरेन्द्र को सौंपकर रह रोज नौकरी की तलाश में जाने लगी थी।

"मिस्टर एच"—पूजा को यह नाम अचानक इस तरह याद आया जैसे वह जीवन के जलकर राख हुए दिनों को कुरेद रही हो, और अचानक उसका हाथ उस राख में किसी गर्म अंगारें से छू गया हो।

वह उसे एक दूतावास के 'रिसेप्शन रूम' में मिला था। एक दिन कहने लगा—"गीता देवी! मैं तुम्हें हर रोज यहाँ चक्कर लगाते देखता हूं। तुम्हें नौकरी चाहिए? मैं तुम्हें नौकरी दिलवा देता हूँ। यह लो, तुम्हें पता लिख देता हूं, अभी चली जाओ। आज ही नौकरी का प्रबन्ध हो जायेगा"··· और पूजा, जब गीता होती थी, कागज का वह टुकड़ा पकड़कर अचानक मेहरबान हुई किस्मत पर हैरान खड़ी रह गयी थी।

वह पता एक गेस्ट हाउस की मालकिन—'मैडम डी॰' का था, जहाँ पहुँच कर वह और भी हैरान रह गयी थी, क्योंकि नौकरी देने वाली मैडम डी॰ उसे ऐसे तपाक से मिली जैसे पुराने दिनों की कोई सहेली मिली हो। गीता को एक ठंडे कमरे में बिठाकर उसने गर्म चाय और भुने हुए कबाब खिलाये थे।

नौकरी किस-किस काम की होगी, कितने घंटे व कितनी तनख्वाह—जैसे सवाल उसके होंठों पर जितनी बार आते रहे, मैडम डी॰ उतनी बार मुस्करा देती थी। कितनी देर के बाद उसने केवल यह कहा था—"क्या नाम बताया था? मिसिज गीता नाथ? परन्तु इसमें कोई आपत्ति तो नहीं अगर मैं मिसिज नाथ की अपेक्षा तुम्हें मिस नाथ कहा करूँ?"

गीता हैरान हुई, पर हँस पड़ी—"मेरे पति का नाम नरेन्द्र नाथ है। इसी कारण अपने आपको मिसिज नाथ कहती हूँ। आप लोग मुझे मिस नाथ कहेंगे तो आज उन्हें बताऊँगी कि अब मैं उनकी पत्नी के साथ-साथ उनकी बेटी हो गयी हूँ।"

मैडम डी॰ कुछ देर उसके मुँह की तरफ देखती रही, कुछ बोली नहीं, और जब गीता ने पूछा—"तनख्वाह कितनी होगी?" तो उसने जवाब दिया था—"पचास रुपये रोज।"

"सच?" कमरे के सोफे पर बैठी गीता—जैसे खुशी से दोहरी होकर मैडम डी॰ के पास घुटनों के बल बैठ गयी थी।

"देखो! आज तुमने कोई अच्छे कपड़े नहीं पहने है! मैं तुम्हें अपनी एक साड़ी उधार देती हूं तुम साथ वाले बाथरूम में हाथ-मुँह धोकर वह साड़ी पहन लो।" मैडम डी॰ ने कहा, और गीता मन्त्रमुग्ध-सी उसके कहने पर जब कपड़े बदलकर आयी तो मैडम डी॰ ने पचास रुपये उसके सामने रख दिये, "आज की तनख्वाह।"

इस परी कहानी जैसी नौकरी ने जादू के प्रभाव से अभी गीता की आँखें मुँदी जैसी थीं कि मैडम डी॰ उसका हाथ पकड़कर उसे ऊपर की छत के उस कमरे में छोड़ आयी, जहां परी-कहानी का एक राक्षस उसकी प्रतीक्षा कर रहा था।

कमरे के दरवाजे पर बार-बार दस्तक सुनी, तो पूजा ने इस तरह हाँफते हुए दरवाजा खोला जैसे तहखाने में से बहुत-सी सीढ़ियाँ चढ़कर बाहर आयी हो।

"रात की रानी–दिन में सो रही थी?" दरवाजे से अन्दर आते हुए शबनम ने हँसते-हँसते कहा, और पूजा के बिखरे हुए बालों की तरफ देखते हुए कहने लगी, "तेरी आँखों में तो अभी भी नींद भरी हुई है, रात के खसम ने क्या सारी रात जगाये रखा था?"

शबनम को बैठने के लिए कहते हुए पूजा ने ठण्डी साँस ली, "कभी-कभी जब रात का खसम नहीं मिलता तो अपना दिल ही अपना खसम बन जाता है, वही कमबख्त रात को जगाये रखा है···।"

शबनम हँस पड़ी, और दीवान पर बैठते हुए कहने लगी," पूजा दीदी!

दिल तो जाने कमबख्त होता है या नहीं, आज का दिन ही ऐसा होता है, जो दिल को भी कमबख्त बना देता है। देख, मैंने भी तो आज पीले कपड़े पहने हुए हैं और मन्दिर में आज पीले फूलों का प्रसाद चढ़ाकर आयी हूँ···।"

"आज का दिन? क्या मतलब?" पूजा ने शबनम के पास दीवान पर बैठते हुए पूछा।

"आज का दिन, बृहस्पतिवार का। तुझे पता नहीं?"

"सिर्फ इतना पता है कि आज के दिन छुट्टी होती है"—पूजा ने कहा। तो शबनम हँसने लगी—"देख ले। हमारे सरकारी दफ्तर में भी छुट्टी होती है···।"

"मैं आज सोच रही थी कि हमारे धन्धे में इस बृहस्पतिवार को छुट्टी का दिन क्यों माना गया है···।"

"हमारे संस्कार" शबनम के होंठ एक बल खाकर हँसने जैसे हो गये। वह कहने लगी—"औरत चाहे वेश्या भी बन जाये परन्तु उसके संस्कार नही मरते। यह दिन औरत के लिए पति का दिन होता है पति व पुत्र के नाम पर वह व्रत भी रखती है, पूजा भी करती है—"छ: दिन धन्धा करके भी वह पति और पत्र के लिए दुआ माँगती है···।"

पूजा की आँखों में पानी-सा भर आया—"सच।" और वह धीरे से शबनम को कहने लगी—"मैनें तो पति भी देखा है, पुत्र भी। तुमने तो कुछ भी नहीं देखा···।"

"जब कुछ न देखा हो, तभी तो सपना देखने की जरूरत पड़ती है ···।" शबनम ने एक गहरी साँस ली, "इस धन्धे में आकर किसने पति देखा है··· ?" और कहने लगी—"जिसे कभी मिल भी जाता है, वह भी चार दिन के बाद पति नहीं रहता, दलाल बन जाता है···तुझे याद नहीं, एक शैला होती थी···।"

"शैला?" पूजा को वह साँवली और बाँकी-सी लड़की याद हो आयी, जो एक दिन अचानक हाथों में हाथी-दाँत का चूड़ा पहनकर और माँग में सिन्दूर भर-कर मैंडम को अपनी शादी का तोहफा देने आयी थी, और गेस्ट हाउस में

लडडू बाँट गयी थी। उस दिन उसने बताया था कि उसका असली नाम कान्ता है।

शबनम कहने लगी—"वही शैला, जिसका नाम कान्ता था। तुझे पता है उसका क्या हुआ?"

"कोई उसका ग्राहक था, जिसने उसके साथ विवाह कर लिया था···"

"ऐसे पति विवाह के मन्त्रों को भी धोखा दे देते हैं। उससे शादी करके उसे बम्बई ले गया था, यहाँ दिल्ली में उसे बहुत से लोग जानते होगें, बम्बई में कोई नहीं जानता, इसलिए वहां वे नेक जिन्दगी शुरू करेंगे···।"

"फिर?" पूजा की साँस जैसे रुक-सी गयी।

"अब सुना है कि वहाँ बम्बई में वह आदमी उस 'नेक ज़िन्दगी' से बहुत पैसे कमाता है ···।"

पूजा के माथे पर त्योरियाँ पड़ गयीं, वह कहने लगी, "फिर तू मन्दिर में उस तरह का पति माँगने क्यों गयी थी?"

शबनम चुप-सी हो गयी, फिर कहने लगी, "नाम बदलने से कुछ नहीं होता। मैंने नाम तो शबनम रख लिया है, परन्तु अन्दर से वही शकुन्तला हूँ—जो बचपन में किसी दुष्यन्त का सपना देखती थी···अब ये समझ लिया है कि जैसे शकुन्तला की जिन्दगी में वह भी दिन आया था, जब दुष्यन्त उसे भूल गया था··· मेरा यह जन्म उसी दिन जैसा है।"

पूजा का हाथ अनायास ही शबनम के कन्धे पर चला गया और शबनम ने आँखें नीची कर लीं। कहने लगी—"मैं जानती हूँ··· इस जन्म में मेरा यह शाप उतर जायेगा।"

पूजा का निचला होंठ जैसे दांतों तले आकर कट गया। कहने लगी—"तू हमेशा यह बृहस्पतिवार का व्रत रखती है?"

"हमेशा··· आज के दिन नमक नहीं खाती मन्दिर में गुड़ और चने का प्रसाद चढ़ाकर केवल वही खाती हूँ···बृहस्पतिवार की कथा भी सुनती हूँ, जप

का मन्त्र भी लिया हुआ है··· और भी जो विधियाँ है"··· शबनम कह रही थी, जब पूजा ने प्यार से उसे अपनी बाँहों में ले लिया और पूछने लगी—"और कौन-सी विधियाँ ?"

शबनम हँस पड़ी, "यही कि आज के दिन कपड़े भी पीले ही रंग के होते हैं, उसी का दान देना और वही खाने··· मन्त्र की माला जपनी और वह भी सम में···इस माला के मोती दस, बारह या बीस की गिनती में होते है। ग्यारह, तेरह या इक्कीस की गिनती में नहीं—यानि जो गिनती—जोड़ी-जोड़ी से पूरी आये, उसका कोई मनका अकेला न रह जाये··· ।"

शबनम का आँखों में आँसू आने को थे कि वह जोर से हँस पड़ी। कहने लगी, "इस जन्म में तो यह जिन्दगी का मनका अकेला रह गया है पर शायद अगले जन्म में इसकी जोड़ी का मनका इसे मिल जाये"··· और पूजा की ओर देखते हुए कहने लगी, "जिस तरह दुष्यन्त की अंगूठी दिखाकर शकुन्तला ने उसे याद कराया था उसी तरह शायद अगले जन्म में मैं इस व्रत-नियम की अँगूठी दिखाकर उसे याद करा दूँगी कि मैं शकुन्तला हूँ··· ।"

पूजा की आँखें डबडबा गयीं। आज से पहले उसने किसी के सामने ऐसे आँखें नहीं भरी थी। कहने लगी—"तू जो शाप उतार रही है, मैं वह चढ़ा रही हूँ···मैंने इस जन्म में पति भी पाया, पुत्र भी···पर··· ।"

"सच, तेरे पति को बिलकुल पता नहीं ?" शबनम ने, हैरानी-से पूछा।

"बिलकुल पता नहीं। जब मैंने यह कहा था कि मुझे एक दूतावास में काम मिल गया है, तब बहुत डर गयी थी, जब उसने दूतावास का नाम पूछा—उस समय एक बात सूझ गयी, मैंने कहा कि मुझे एक जगह बैठना नहीं पड़ता, काम भी इनडाइरेक्ट है, जिसके लिए मुझे बड़ी-बड़ी कम्पनियों से इश्तहार लाने होते हैं, जिनमें से इतनी कमीशन मिल जाती है जो दफ्तर में बैठने वाली नौकरी से नहीं मिल सकती···" पूजा ने बताया, और कहने लगी, "वह बहुत बीमार था, इसलिए हमेशा डॉक्टरों और दवाइयों की बातें होती रहती थीं—फिर डॉक्टर ने उसे सोलन भेज दिया, हस्पताल में क्योंकि घर में रहने से बच्चे को छूत का खतरा हो जायेगा। इसलिए अभी तक शक करने का उसे कोई समय ही नहीं मिला··· ।"

शबनम बताने लगी—"कई लड़कियों ने, जिन्होंने घर में यह बताया हुआ है कि वे किसी एक्सपोर्ट के दफ्तर में काम करती हैं—उनके घरवाले जानते हैं, सब कुछ जानते हुए भी वे चुप रहते है···।"

पूजा ने लाचार होकर सिर हिलाया, "तू नरेन्द्र को नहीं जानती। उसे अगर पता लग जाये तो शायद मुझे कुछ नहीं कहेगा पर खुद वह आत्महत्या कर लेगा···वह जीयेगा नहीं···।"

"पर जब हस्पताल से वापसि आयेगा···किसी दिन, किसी जगह से उसे पता लग सकता है ···" शबनम ने चिन्तित होकर कहा तो पूजा कहने लगी—"इसीलिए मैं सोचती हूँ कि कुछ पैसे इकट्ठे हो जायें तो दो-तीन स्कूटर रिक्शा खरीदकर, रोजाना के किराये पर दे दिया करूँ। कहते है पेट्रोल का खर्च निकाल कर हर रोज के पच्चीस रुपये एक स्कूटर से मिल जाते हैं।"

शबनम हँसने लगी—"तेरे खयाल में ये चलाने वाले मालिक के पल्ले कुछ पड़ने देंगे? वह दिन बीत गये जब काम करने वाले ये मजदूर मालिकों को कुछ कमाकर देते थे। तुझे शहनाज का पता है? उसने ट्रक खरीदा था—किराये पर देने के लिए। दूसरों ने ट्रक में ऐसा माल भर दिया कि आज बेचारी मुकदमों में फँसी हुई है।"

पूजा चिन्ता में डूब गयी, तो शबनम ने कहा, "तुम्हें अगर यह धन्धा छोड़ना भी हो तो इस साल न सोचना, ये 1982 सीजन का साल है। शहर में ट्रेड फेयर लगने वाला है। जितनी कमाई इस साल होगी, उतनी पाँच सालों में नहीं हो सकती। एक बार हाथ में पैसा इकटठा कर ले···।"

पूजा इस साल के पैसों की गिनती-सी करने लगी, जब मन्नू के जागने की आवाज आयी। और वह जल्दी से दीवान से उठते हुए शबनम से कहने लगी—"तू जाना मत, कुछ खाकर जाना।" और साथ ही हँस-सी पड़ी—"तुम्हारे व्रत में नमक खाना मना है न, इसलिए किसी चीज में इस दुनिया का नमक नहीं डालूँगी।"

अन्तर्वेदना

एक बार एक सांवली सी, प्यारी सी औरत, मेरे पास आई, वह एक भयानक घटना से गुजरी थी, और उसका कंपन उसके मन में जाने कहां तक उतर गया था, कि उसे झेल नहीं पा रही थी। किसी से उस घटना की बात करना उसके लिए मुमकिन नहीं था, और मैं देखती रह गयी कि उसने भरी आँखों से वह सारी घटना मेरे साम्हने रख दी।

मैं वह सब लिखना नहीं चाहती थी, लेकिन बेचैनी के दो चार रोज गुजरे होंगे कि लगा—इन्सान के मन की उस व्यथा को पाना होगा कि वह क्या है, जो मौत के फासले को तय करके बीते हुए वक्त को एक बार फिर से छूह लेना चाहता है···।

कहानी लिखी—"ना जाने कौन रंग रे" लेकिन उस सांवली सी प्यारी सी, औरत के विश्वास का तकाज़ा था कि कहानी उसने साम्हने रख दूँ। वह चाहे तो कहानी को उसके साम्हने फाड़ दूँ··· कभी प्रकाशित न होने दूँ···"

कहानी प्रकाशित हुई, उसकी इजाज़त से। और फिर उसका खत आया···

"सूरज की किरणों के कितने रंग हैं, कौन जानता है। कितनी तरह के रंगों में रंग दी है यह धरती उस रंगने वाले ने···कितने रंगों में रंगें जाते है सब के सपने। कौन सा रंग किसे कब भा गया, कौन किस रंग में रंग गया, कुछ पता नहीं।

"मेरे भीतर एक ग़म था, जिससे मजबूर होकर मैने यह सब सुनाया। ऐसी नाज़ुक आप-बीती किसी को सुनाई नहीं जाती। कोई सुन भी ले तो समझ नहीं सकता। समझ भी ले तो उसे लिखना—तोबा-तोबा··· तलवार की नोक पर कोई चले तो किस तरह?

"कहानी पढ़ कर मन को एक संतोष मिला कि उस ईश्वर का धन्यवाद है कि कोई तो उस विशेष रंग को समझ पाया। वह कहानी मैंने अपने पिता जी को पढ़ने के लिए दी। वह कांप गए और बोले "इतना बड़ा रहस्य तू ने किसी को बता दिया?"

'पढ़ने के बाद वह कुछ देर सोचते रहे फिर बोले—" यह कोई लेखिका नहीं है, यह ईश्वर से भी बड़ी है, इसने तेरे और मेरे साथ कितना इन्साफ किया है ...।'

"यह सब लिख पाना किसी और के बस में नहीं था। कुछ ग़म होते हैं जिन्हें कभी जुबान नहीं मिलती; जिन्हें झेल कर इन्सान स्वंय तो जी लेता है, पर उसे अपना कह कर पराई आँखों में उसकी परछाई को झेल सकने का साहस नहीं होता। इसलिए मैं इस कहानी की पात्र होते हुए भी, अपना नाम बताने का साहस नहीं कर सकती ...।"

उसका नाम उसकी अमानत है मेरे पास ... यहाँ उसकी कहानी दे रही हूँ ...

न जाने कौन रंग रे

समय हमेशा आगे नहीं चलता, कभी यह पीछे भी चलने लगता है। जैसे चलते हुए के हाथ से कोई चीज़ गिर पड़ी हो, बड़ी दूर निकल जाने के बाद उस चीज़ की याद आयी हो और फिर उसे खोजने के लिए वह पीछे चल दिया हो।

मेरी माँ की नाक का मोती समय की मुट्ठी से गिर पड़ा। बीस साल बीत गये। बीस साल बाद समय को अचानक उस की याद आयी। वह चौंककर ठिठक गया, और फिर उस मोती की तलाश में पीछे लौट पड़ा।

बीस साल पीछे लौटे हुए समय की सहायता से मैं आज अपनी माँ की नाक का मोती देख रही हूँ। मैंने अपनी माँ को अपनी आँखों से कभी नहीं देखा, क्योंकि मैं अभी पूरे चालीस दिनों की भी नहीं थी जब मेरी माँ चल बसी थी। पर आज बीस साल पीछे चलकर आये समय की आँखों से मैं देख सकती हूँ कि—पड़ोसी के घर विवाह रचा है। विवाहला लड़की की सहेलियाँ मँडहे के दिन गीत गाने के लिए ज़मा हुई हैं। हम मध्यप्रदेशियों में यह मँडहे का दिन बड़ा सजीला होता है। विवाह के मण्डप के चारों ओर लड़कियाँ घेरा डालकर नाचती है। इन नाचती हुई लड़कियों में जो सबसे कटीली है—उस ने नाक में सुच्चा मोती पहना है। तीखे और कनकई नाक पर मोती बड़ा दिप रहा है। घुंघराये हुए बाल जब नाच की ताल में घूमती कमर में हुलराकर माथे पर आ गिरते हैं तो कोई एक घुंघरू ज्यादा ही उछल कर नाक के मोती को हाथ से छू जाता है। और होठों में जब गीत काँपता है तो उसकी लचक से नाक का मोती झिलमिला उठता है। मोती का रंग दिखता है, पर गीत का रंग नहीं दिखता, न ही गानेवाले के मन का रंग दिखायी देता है, और इसी अनदिखंन में परेशान होकर वह लड़की कह रही है,

कलसा तो बड़ा सुन्दर
न जाने कौन रंग रे।

और इस पंक्ति को लगभग बीस बार दुहराकर वह आगे कहती है—

न जाने कुम्हरा के गढेह
न जाने माटी रंग रे
दुलहन तो बड़ी सुन्दर
न जाने कौन रंग रे।
न जाने मईया की कुखिया
न जाने बाबा रंग रे।
रूप दिया करतार
सुन हो हम आपा रंग रे।....

और न दिखनेवाले रंग की परेशानी को वह करतार पर और कुदरत पर छोड़कर अपना मन हौला कर लेती है पर मन शायद यूँ हल्के नहीं हुआ करते। मन तोते का बाना पहन लेता है और उस देश में उड़ जाने के लिए व्यग्र हो उठता है जो देश अमरूदों का देश हो। दिन में पके अमरूदों को चुँचियाता वह अपना समय काट लेता है—पर रात में फिर विकल हो उठता है। वह आधी रात में बैठकर चोली के बन्धन को कुतरने लगता है। यही परेशानी गीत बन जाती है

चल रे सुगना अमरूदवा के देसवा में।
दिन में तो कुटके सुगना पकले अमरूदवा
अधीया रतियन कुटके चोली केर बँधनुवा।
चल रे सुगना अमरूदवा के देसवा में।

और फिर पता नहीं गा-गाकर और नाच-नाचकर वह लड़की थककर रुक जाती है, या तोते की लाल चोंच से घबराकर वह तोतेवाला गीत गाना बन्द कर देती है, या मुंडेर पर से देखते हुए लोगों को नज़रों से लजा जाती है···इसके बाद बारात आती है। वे लड़कियों के साथ मिलकर बारात देखने चली जाती है। बारातियों में दूल्हे के कुछ दोस्त ऐसे भी है जो किसी बड़े शहर से आये लगते हैं। उनकी चाल-चढ़ा बाकी बारातियों से न्यारी है। और उन न्यारे बारातियों में से एक बाराती एकटक उस लड़की के मुख की तरफ़ देखे चला जाता है जिस लड़की की नाक में सुच्चा मोती दमक रहा है। लड़की को लगता है कि यही आदमी मुंडेर पर भी खड़ा था। जाने दोनों घरों से उसका कोई दुहरा नाता था जो कि अब वह बारात में भी चला आया था। लड़की लाज से दुहरी हुई जाती है और उसकी नाक का मोती जैसे नाक में सिकुड़ता जाता है।—इसके बाद बारात रोटी खाती है। कुछ बाराती बारातघर में लौट जाते हैं। पर दूल्हा, उसके नज़दीक के कुछ नाती और उसके न्यारे दोस्तों में से सिर्फ एक दोस्त वहाँ रह जाता है। मण्डप में बैठने का समय हो आता है। सामग्री का धुआँ जैसे-जैसे ऊपर उठता है, लड़कियों का गीत ऊँचा हो जाता है:

पहली भंवर बेटी अब हूँ हमारी—बाबल की बेटी
दूजी भँवर बेटी अब हूँ हमारी—भईया की बेटी
तीजी भँवर बेटी · · · · · · · · · · ·

तीसरी भँवर बिटिया मामे की, चौथी भंवर बेटी ताऊ की, पाँचवी भँवर बेटी

चाचे की, छठी भंवर बेटी भाइयों की··· अपनी माँ के जाओं की—पर सातवीं भंवर में बेटी पराई हो जाती है।—गानेवाली लड़कियों में सबसे छबीली वही लड़की है जिसकी नाक में सुच्चा मोती है, और सबसे लचीली आवाज उसी लड़की की है जिसकी नाक में सुच्चा मोती काँप रहा है। दूल्हे का वह न्यारा दोस्त आँख नहीं झपकता; एकटक उसे देखे जाता है। सारे गीत में वह लड़की उसे पराई लगती है। पर आखिरी पंक्ति गाती हुई वह लड़की उसे अपनी हो गयी लगती है। सुबह सूरज उग आने पर वह लड़की के माँ-बाप को सन्देशा भिजवाता है और उस लड़की को मांग लेता है। —माँ-बाप उसका अता-पता पूछते हैं और फिर अपनी तसल्ली कर लेने पर उस लड़की की सगाई दे देते है—वह लड़की कलावती—सुना है कि मेरी माँ थी।

अगली बात मैने अपनी नानी के मुख से कई बार सुनी कि मेरी माँ अपने विवाह में भी गीत गाती थी। और कोई गीत नहीं सिर्फ एक ही पक्ति—"न जाने कौन रंग रे!" यह पंक्ति वह ढोलक पर नहीं गाती थीं—यूँ ही गाये जाती थी। आँगन में बैठकर नहीं गाती थी, —घर की दीवारों से सटकर गाती थी। सहेलियों के साथ मिलकर नहीं गाती थी,—अकेली शीशे के सामने खड़ी होकर गाती थी। और इस गीत के विलाप से उस के नाक का मोती दिपदिपाता नहीं था, जल-जलकर बुझता था।

और मेरी नानी ने मुझे बताया था कि विवाह के पहले फेरे में ही मेरी माँ का रूप नखुना गया था। दूसरे फेरे में मुझे कोख में ले लौटी। कोख में मुझे ले आयी, और हड्डियों में ताप! बस। फिर वह कहीं नहीं गयी। मुझे जन्म देने के बाद उसका पूरा चालीस भी नहीं कटा। खाट से एक दिन उसे तब उतारा गया जब मेरा जन्म हुआ था। फिर चालीसे के अन्दर दूसरी बार वह उस दिन उतारी गयी जब उसका सांस उखड़ रहा था।

मैं जब जरा सँभली तो नानी को ही माँ कहकर बुलाने लगी थी। पाँच साल बाद मुझे मालूम हुआ था कि माँ और होती है और नानी और। तब मुझे नानी ने बताया कि मेरा बाप एक बार मेरी माँ की मौत पर आया था और फिर कभी नहीं आया। वह कहीं से मेरी एक दूसरी माँ ले आया था। पर दूसरी माँ अपनी माँ नहीं होती, इसलिए उसने कभी मुझे अपने पास नहीं बुलाया था।

और सौलह साल बाद मेरी नानी ने मुझे एक भेद की बात बतायी थी। मैं तब कॉलेज में पढ़ती थी। हमारे कस्बे में कॉलेज खुल चुका था। एक दिन मेरे कॉलेज का एक सहपाठी मुझे मिलने के लिए आया। वह मेरे कमरे में बैठा था मेरे नानाजी घर आ गये। मेरी नानी ने मुझे बताया कि मेरे नाना जी को यह पसन्द नहीं होगा कि मेरे कॉलेज का कोई लड़का मुझे मिलने के लिए घर आये। इसलिए मैंने उस से कुछ बातें करके उसे जल्दी से भेज दिया। मेरे नानाजी आगे के आँगन में बैठे हुए थे, इसलिए मैने अपने जमाती को आगे के दरवाजे से नहीं—पिछले दरवाजे से लौटा दिया।—उस रात नानी ने मेरे पास बैठकर मुझे बताया कि मेरी माँ को एक यूसुफ नाम का लड़का बहुत अच्छा लगता था। और मेरे नानी ने सोच में गोता खाकर मुझे यह भी बताया कि खुदा ने उसे शक्ल भी यूसुफ की ही दी थी, और हलीमी भी। "पर न जात मिलती थी न धर्म—मैं किस दरवाजे से उसे अन्दर लाती। एक बार मैंने उसे पिछले दरवाजे से अन्दर आते हुए देखा तो मैंने बेटी को अकेले में बैठाकर समझा दिया कि औरत का पाप फूल की तरह होता है, जो पानी में डूबता नहीं, बल्कि तैरकर मुँह से बोलता है। मर्दों का क्या है—उनके पाप तो पत्थरों की तरह पानी में डूब जाते है, किसी को कानोंकान खबर नहीं लगती।—मैंने बेटी को बाँधकर उसका विवाह कर दिया। पर एक साल में ही बेचारी चल दी। जो सेहरा बांधकर आगे के दरवाजे से घर आया था, मरी हुई की लाश देखने के लिए बस एक बार फिर आया और चला गया। मरी हुई का चेहरा देखने के लिए एक बार वह भी आया बेचारा। पिछला दरवाजा खटखटाने लगा। मैं क्या करती? जात नहीं मिलती थी, धर्म नहीं मिलता था, पर किस दिल से मैं उसे रोक देती। अन्दर आकर मरी हुई का चेहरा देख गया। और फिर उन्हीं पैरों उसी रास्ते से लौट गया। मेरी बेटी की किस्मत जो आगे के दरवाजे से आया था, वह भी चला गया और जो पीछे के दरवाजे से आया था, वह भी चला गया।···"

और इस तरह मुझे अपनी माँ का रोग मालूम हो गया था। मेरी नानी जो बात मुझे समझाना चाहती थी मैंने वह भी समझ ली। मुझे अपनी माँ वाले रोग से बचना था, इसलिए मैंने कभी किसी को पिछला दरवाजा न खोला। मुझे मालूम हो गया कि पिछले दरवाजे से जो दिल एक बार चला जाता है, वह दिल फिर लौटकर छाती में नहीं आता··।

मुझ पर भी वही जवानी आयी थी जो कभी मेरी माँ पर थी। अपनी नानी बहुत

से मैंने भी वह गीत सीखा था जो कभी मेरी माँ ने सीखा था—चल रे सुगना अमरूदवा के देसवा में—और शीशे में अपना चेहरा देखकर मैं भी वही गीत गाती थी जिसे मेरी माँ गाया करती थी—"न जाने कौन रंग रे।" ··· पर मैने घर का पिछला दरवाजा कभी किसी के लिए न खोला। और अगले दरवाजे पर नजर टिकाकर उसका इन्तजार करने लगी जिसका चेहरा देखकर मुझे किसी यूसुफ का चेहरा याद न करना पड़े···।

फिर मुझे सत्रहवाँ साल लगा, फिर अठारहवाँ और फिर उन्नीसवाँ। मेरे नानाजी को घाटा पड़ गया। मेरे लिए वे जिन अच्छे रिश्तों की तलाश कर रहे थे, उनकी वह उम्मीद छोड़ बैठे। एक दिन सोच में डूबे हुए उन्होंने मेरे बाप को खत लिखा कि मेरी उमर विवाह के योग्य हो आयी थी जिससे उन्हें मेरे लिए फिकर करना चाहिए था।

खत के जवाब में मैंने जिसे देखा वह मेरा बाप था। बेटी ने अपनी होश में पहली बार अपने बाप को देखा और बाप ने पहली बार बेटी को। आँखों में कभी पहचान पड़ जाती थी, कभी निकल जाती थी। मैं समझ नहीं पा रही थी कि अपने बाप से क्या बातें करूँ और शायद मेरे बाप को भी यह समझ नहीं आ रहा था कि वह मुझ से क्या बात करे। उस रात वह मेरे नानाजी के घर रहा। रात में बड़ी देर तक उन से बातें करता रहा, सुबह मेंरी नानी ने मुझे बताया कि मेरा बाप कुछ दिनों के लिए मुझे अपने घर ले जाना चाहता था। मुझे यह सब अजीब लग रहा था, पर मैं जाने के लिए मान गयी। मेरी इच्छा किसी आत्मीयता से नहीं बँधी हुई थी, पर एक रिश्ते से बँधी हुई थी। दोपहर के समय जब मैंने अपने कपड़े निकाले तो मेरी नानी ने अपना लकड़ी का सन्दुक खोलकर उस में से सुच्चे मोती की तीली निकालकर मेरी नाक में पहना दी। यह वही सुच्चा मोती था जिसे मेरी माँ अपने नाक में पहना करती थी···।

मुझे वह पल अच्छी तरह याद है जब मेरी नाक में सुच्चा मोती पहनाकर मेरी नानी ने मेरे चेहरे की तरफ देखा तो दोनों हाथों से अपना मुँह ढँककर वह रोने लगी थी। फिर जाने अपना रोना उसे अशकुना लगा कि वह मेरे सिर को अपनी छाती से लगाकर मेरे माथे को चूमने लगी। चूमते-चूमते वह कह रही थीः "मूल से ब्याज प्यारा।"··· मैं जानती थी कि मेरी नानी का मूल खो गया था। मैं तो ब्याज थी—बेटी की बेटी। उस खोये हुए मूल का दर्द भी था, और रहते ब्याज पर प्यार भी आ रहा था।

मेरे चहरे में से उस समय जाने किस तरह सब को मेरी माँ का चेहरा दिखायी दे रहा था। स्टेशन पर जाते समय मेरे नानाजी ने मुझे सिर पर प्यार दिया तो उन के मुख से हड़बड़ाकर निकल गया, "मुझे तो आज यह बिलसिया बिलकुल कलावती दिखायी दे रही है—साईं के ये क्या रंग होते हैं···।"

गाड़ी में मुझे जनाने डिब्बे में बिठाकर मेरे पिताजी ने अपना बैग मर्दाने डिब्बे में रख लिया। मैं जब अकेली बैठी तो मुझे लगा कि मैंने अपने बाप की शक्ल अच्छी तरह नहीं देखी थी। दूसरे दिन सुबह जब दिल्ली उतरूँगी तो पता नहीं गाड़ी में से उतरकर उसे पहचान भी सकूँगी या नहीं।—और शायद यही विचार मेरे बाप को भी आया हो, क्योंकि अगले स्टेशन पर वह मेरे डिब्बे में आया और मुझे इस तरह देखने लगा जैसे वह भी मेरी शक्ल को अच्छी तरह देख रहा हो ताकि दूसरे दिन सुबह वह दिल्ली गाड़ी से उतरने पर मुझे अच्छी तरह पहचान ले।

रात उतर आयी थी। अभी काफी सफर बाकी था कि आगरा स्टेशन आया। स्टेशन पर मेरा बाप मेरे डिब्बे में आया और मुझ से बोला, "अगर तुम कहो तो यहाँ उतर जायें। तुम ने ताज कभी नहीं देखा···।" मेरे मन का बाँध टूट गया। दिल में आया कि—अपने बाप की छाती से सिर पटककर कहूँ, 'माँ ने मुझे मरकर छोड़ दिया, पर तुम ने तो जीते जी ही छोड़ दिया था। बीस साल बाद आज तुम्हें ख्याल आया है कि मैंने अभी आगरे का ताज नहीं देखा, दिल्ली का लाल किला नहीं देखा··· मुझे अब कुछ नहीं देखना···' किसी बाप से मैंने ज़िदें करके नहीं देखा था, पर जब समय आया था, तो ज़िदें करने की उमर बीत चुकी थी। अब मैं उन्नीस साल की कॉलेज में पढ़ी-लिखी लड़की थी। कहना मानकर 'अच्छा' कहा और गाड़ी से नीचे उतर आयी।

एक होटल में सामान रखा। रोटी खायी। रात बड़ी गहरा चुकी थी। सोचा कि सुबह होते ही ताज देखेंगे—इस समय नहीं। और मैं अपने पिता के सपने जैसे मेल को आँखों में झपककर सो गयी।

आगे मालूम नहीं मेरी किस्मत या मेरे नाक में पहने हुए मोती की किस्मत—मुझे अपनी छाती में अपना साँस घुटता हुआ महसूस हुआ और घबराकर मेरी आँख खुल गयी। किसी का मुख मेरे मुख पर झुका हुआ था, किसी की बांहें मेरी बाँहों पर पड़ी हुई थीं। मैं चीख उठी, "बाबूजी!"

अपने बाप को पहचानकर मैंने यह आवाज़ नहीं दी थी। जो आदमी मेरी चारपाई पर आ गया था, उस से मुझे बचाने के लिए मैंने अपने बाप को आवाज दी थी। पर···

बाबूजी ने अपनी तली से मेरे होठ भींच दिये। मेरी चीख होंठों में ही भिंचकर रह गयी। मैं कांप रही थी, पर मैंने देखा मेरा बाप भी कांप रहा था। मेरी बाँहों में मालूम नहीं कहाँ से जोर आ गया। मैंने अपने बाप की बाँहों को पीछे धकेल दिया और चारपाई से उतरकर खड़ी हो गयी।

मालूम नहीं हो रहा था, क्या करूँ। कमरे का दरवाजा अन्दर से बन्द था। मैं ने दरवाजा जल्दी से खोल दिया और मैं दहलीज में खड़ी हो गयी। समझ नहीं पा रही थी कि इस समय कहाँ जाऊँ। कितनी ही देर दरवाजे में खड़ी रही। और फिर मैंने देखा कि मेरा बाप अपनी चारपाई पर पड़ा रो रहा था। मैं कितनी देर उसी तरह खड़ी रही। एक पैर दहलीज के अन्दर था, एक बाहर। अन्दर का पैर बाहर नहीं जाता था और बाहर का पैर अन्दर नहीं आना था।

और फिर मेरे कानों को लगा कि मेरा बाप मेरी माँ का नाम लेकर कुछ कह रह था। और फिर मुझे लगा कि मेरा नाम लेकर भी कुछ कह रहा था। मैंने कमरे के खुले दरवाजों को भिड़का दिया और अपने पिता की चारपाई के पास घुटनों के बल बैठ गयी। मेरी टांगें काँप रही थी और मुझ से खड़ा नहीं रहा जाता था।

जो लफ़्ज़ मेरे पिता के रोने में मिले हुए थे, वे अब मुझे अच्छी तरह सुनायी दे रहे थे। मेरा बाप कभी मेरी मां का नाम लेकर उस से माफी माँग रहा था और कभी मेरा नाम लेकर। न जाने कैसा रोना मेरे दिल में भी घिर आया। चारपाई के पाये से सिर टेककर मैं रोने लगी तो न मैं अपने बाप को चुप करा सकी और न अपने-आप को।

जाने रात ढल रही थी, सुबह हो रही थी, या सिर्फ चाँद का उजाला कमरे में फैल रहा था, मेरा बाप चौंककर चारपाई से उठ बैठा, "मैं दिन की रोशनी में तुम्हें अपना चेहरा नहीं दिखा सकता बेटी! मैं अभी यहाँ से चला जाऊँगा। तुम पढ़ी-लिखी लड़की हो। सुबह किसी गाड़ी से वापस अपनी नानी के पास चली जाना।"

मैं ने अपने बाप के टूटे-टूटे बोल सुने और फिर देखा कि उसने अपनी जेब से कुछ नोट निकालकर चारपाई पर रख दिये : "होटल का बिल दे देना...गाड़ी का टिकट ले लेना...।"

मैं चारपाई के पाये पर सिर रखकर रो रही थी। मालूम नहीं कब मैं अपने पिता की टाँगों के पास होकर उसके घुटनों से सिर लगाकर रोने लगी थी।

"तुम अगर माफ कर सको...मुझे माफ कर देना!..." मेरे बाप ने कहा और मुझे ऐसा लगा जैसे मेरे सिर पर हाथ रखने के लिए उसने अपना हाथ बढ़ाया था—पर मेरे सिर को छुआया नहीं था।

"बाबूजी!" मेरे मुख से बिलखकर निकला।

"तुम्हारी माँ मर गयी—समझ लेना बाप भी मर गया—" मेरे बाप ने एक बार कहा और फिर उस ने मुझ से अपने घुटनों को छुड़ाकर परे हो जाना चाहा।

मैं ने घुटनों को जोर से अपनी बाँहों में कस लिया। पर मुझ से कुछ कहना न हुआ। बड़ी देर बाद मेरे बाप ने कहा :

"तू नहीं समझ सकती... मैं समझाऊँ भी किस तरह—किसे समझाऊँ? एक सच था, पर सारा झूठ बन गया है।"

"मैं समझूँगी बाबूजी!"

"मैं ने जब तुम्हारी माँ को देखा था... बीस साल हो चले हैं—पता नहीं बीस साल कहाँ चले गये—मैं ने कल जब तुम्हें देखा—तो मुझे लगा कि मैं उसी को देख रहा था...।"

"मैं समझ रही हूँ बाबूजी...।"

समय हमेशा आगे नहीं चलता। कई बार पीछे भी चल पड़ता है। जैसे चलते हुए के हाथ से कोई चीज़ गिर पड़ी हो। बड़ी दूर निकल जाने के बाद उसे उस चीज़ की याद आयी हो और फिर उसे खोजने के लिए वह पीछे लौट आया हो—मेरी माँ की नाक का मोती समय के हाथ से गिरा पड़ा था। बीस साल हो

चले थे। आज मेरा बाप समय के साथ मिलकर उस मोती को खोज रहा था···।

मेरे बाप को बीस साल पीछे की बातें कल की तरह याद थीं। मैं सुनती रही: जैसे वह एक-एक बात मुझे आँखों से दिखाता जा रहा हो। जो कुछ समझ सकती थी समझा। जो नहीं समझ सकती थी—उसे अपनी छाती में रखकर नानी के घर आ गयी हूँ, "सौतेली माँ के पास जाने का दिल नहीं हुआ।" नानी को कह दिया है। पर सोच रही हूँ कि माँ गाया करती थी: "कलसा तो बड़ा सुन्दर न जाने कौन रंग रे" माँ को अपने मन का रंग मालूम न हुआ, वह इस रंग से परेशान होकर मर गयी। बाबूजी जीवित हैं, पर अपने मन का रंग उन्हें भी पता नहीं चलता··· जिस ईश्वर ने इस रंग को बनाया है, वही उन्हें माफ करे। मैं क्या कह सकती हूँ···।

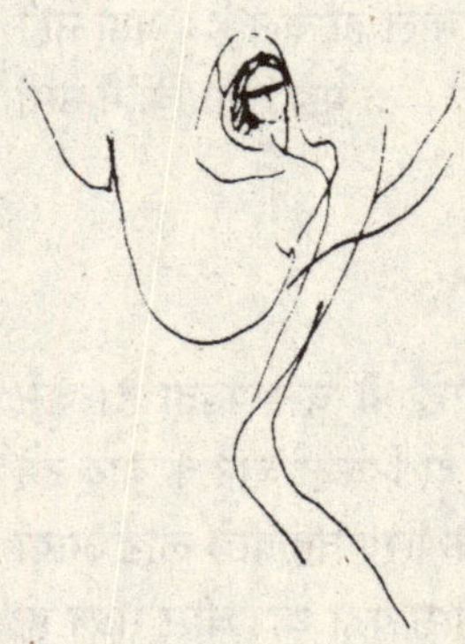

आज का सत्य

किसी काल का सत्य, जो पानी की सहज बहती हुई धारा की तरह, सहज मान लिया जा सकता है—वो आने वाले वक्त में भी ऐसा मान लिया जाए यह नहीं होता···।

मेरे सामने एक ऐसा ही वाकया था, और मैं उस व्यक्ति को देखती रह गई थी—जो अपने एक हाथ में उस वाकया के दर्द को लेकर आया था, और दूसरे हाथ में वो मुझ पर एक ऐसा विश्वास लिए आया था कि अपनी दोनों हथेलियां मेरे सामने रखते हुए उसने कहा था कि मैं उसकी ज़िन्दगी के उस वाकये को एक कहानी में उतार दूँ।

वह जानता था कि आज के युग में उसका सत्य, सहज नहीं लिया जा सकता लेकिन यह उसके मानसिक तनाव का तकाजा था कि वह अपने दर्द को एक दस्तावेज की तरह अपने पास चाहता था···।

मैं नहीं जानती थी कि मैं उसे लिख पाऊँगी कि नहीं, फिर भी हंसकर पूछा—अगर कहानी लिख पाई तो उसमें आपका सही नाम नहीं होगा—फिर आप कैसे एक नए नाम की छाया में अपने को देख पाएंगे?

उसके लिए अजीब स्थिति थी—उसे कहानी में अपना सही परिचय भी नहीं देना था—और एक नए नाम की छाया भी उसे मंजूर नहीं थी। इसी मुश्किल में से उसने एक रास्ता खोज लिया—अपना आधा-सा नाम मेरे सामने रखा, और कहा—इससे लोगों की नजर में मेरी पहचान नहीं आएगी, लेकिन मेरे लिए यह मेरा आधा-सा नाम—मेरे पूरे नाम से भी ज्यादा 'मेरा' हो जाएगा···।

नाम की मुश्किल तो बड़ी मुश्किल नहीं थी, एक रास्ता मिल गया था, अब मुश्किल उसके लिए नहीं थी—मेरे लिए थी, कि मैं उसे किस पहलू से लिखूं कि वो हकीकत आज के काल में बहुत नहीं, तो कुछ हद तक सहज मन से ली जा सके।

और फिर प्राचीनकाल ने किस तरह मेरी मदद की, बात को अपनी ओट में ले लिया, और मैं वो कहानी लिख पाई, यह सब कहानी के अक्षर-अक्षर से देखा जा सकता है। वह कहानी थी—"और नदी बहती रही।"

और नदी बहती रही

एक घटना थी—जो नदी के पानी में बहती हुई किसी उस युग के किनारे के पास आकर खड़ी हो गई, जहां एक घने जंगल में वेदव्यास तप कर रहे थे···।

समाधि की लीनता टूटी तो सामने रानी सत्यवती उदास, पर दिव्य सुन्दरी के रूप में खड़ी हुई थी।

वृक्ष के पत्तों की तरह झुककर वेदव्यास ने प्रणाम किया, कहा—मेरी शाश्वत सुन्दरी माँ! आज उदासी का यह वेश क्यों?

माँ ने ऋषिपुत्र को मोह से भरी छाती से लगाया, कहा—तुम ऋषि कुल से हो, तुम मोह की पीड़ा नहीं जानते। राज्य का दर्द मैंने राजा शान्तनु से पाया और उसके राज्य की रक्षा के लिए मैंने जिस कोख से तुम्हें जन्म दिया, उसी कोख से राजा शान्तनु के दो पुत्रों को जन्म दिया। पर एक मेरा राजकुमार युद्ध में मारा गया, और दूसरा, दो रानियों को रोती छोड़कर क्षय से मर गया।

वृक्ष के सारे पत्ते जैसे कुम्हला कर वेदव्यास के तापस चेहरे की ओर देखने लगे···।

रानी सत्यवती का मन गंगा की निर्मल लहरों की तरह बहने लगा, उसने कहा—महर्षि पाराशर ने गंगा के पानी की तरह मुझे अंग से लगाया था, तुम उसी पानी का मोती हो, जलथल में क्रीड़ा करते हो, जंगल, वन और बीहड़ तुम्हारे अधीन हैं, तुम ताज में जड़े मोती का दर्द नहीं जानते।

वृक्ष के हरे रंग की तरह वेदव्यास के होंठ मुस्कराये—मैं राज्य का दर्द नहीं जानता, पर मां का दर्द जानता हूँ।···

सत्यवती वृक्ष से लिपटी हुई बेल की तरह झूम गई, बोली—ताज के मोती को तख्त का वारिस चाहिए। मेरी दोनों बहुएं आज विधवा हैं, आज मैं उनके लिए तुम्हारे पास पुत्र-दान मांगने आई हूं।

वेदव्यास ने सिर के ऊपर फैले हुए वृक्ष की ओर देखा, और सारा वृक्ष जैसे खिल-सिमट कर धरती की छाती में पड़े हुए अपने बीज की ओर देखने लगा···

ऋषि के होंठ हंस पड़े, कहा—यह मां का हुक्म और धरती का हुक्म पूरा होगा···

और वेदव्यास ने वचन पूरा किया—अंबिका और अंबालिका दोनों को एक-एक पुत्र का दान दिया···

नदी का पानी बच्चों की किलकारी की तरह हंसता हुआ जब फिर बहने लगा तो वही घटना युगों से गुजरती हुई कलियुग के एक किनारे के पास खड़ी हो गई—वहां, जहां बलदेव का साधारण-सा घर था, जहां उसकी मेज पर पड़ी हुई किताबों में सिर्फ महाभारत के पर्व नहीं थे, कामू भी था, काफ्का भी था, पास्तरनाक भी···

और उसके सामने उसका मित्र काशीनाथ वृक्ष के एक टूटे हुए पत्ते की तरह खड़ा था, बोला—जो दान मुझे ईश्वर न दे सका, न किसी वैद्य की दवा, वह दान मैं तुमसे मांगने आया हूँ···एक पुत्र का दान···

सिर के ऊपर कोई वृक्ष नहीं था, पर बलदेव के कानों में वृक्ष के पत्तों की शां-शां भर गई···

काशीनाथ कह रहा था—मेरी औरत के निरोग तन को एक मर्द के रोगी तन का शाप लगा हुआ है···मेरे मित्र! बस यह शाप एक घड़ी के लिए उतार दो···

बलदेव का सारा बदन वृक्ष की जड़ की तरह हो गया···

काशीनाथ एक रुलते हुए पत्ते की तरह उड़कर जैसे उसके पांवों के पास आ गिरा—यह भेद सिर्फ मैं जानूं, तुम जानो, और वह जानेगी, और कोई नहीं···कोई नहीं···बलदेव के वृक्ष की जड़ की तरह हो गए बदन में से एक संकल्प प्रस्फुटित हुआ—यह शायद इतिहास का हुक्म है, मैं शायद एक वेदव्यास हूँ, एक ऋषि···

और वही युगों की घटना फिर घटी—टूटे हुए पत्तों के घर फूलों का वंश चला···

काशीनाथ के घर पुत्र जन्मा···रिश्तेदारों-सम्बन्धियों के मुंह बधाइयों से भर गए, और जब बलदेव ने पालने में पड़े हुए बच्चे को झुककर देखा···उसके होंठ वेदव्यास के होंठों की तरह बन्द हो गए।

नहीं, नहीं, मैं वेदव्यास नहीं हूं, बलदेव की अपनी ही चीख़ जैसी आवाज से उसकी नींद टूट गई···

चारपाई के पास तिपाई पर अभी तक रात की बची हुई व्हिस्की थी। उसने कांपते हुए हाथों से गिलास में हिस्की डाली, और एक घूंट में पी गया, बौराया हुआ-सा बोलने लगा—तुम देवपुत्र थे वेदव्यास, तुम मानव-पुत्र नहीं थे···

बलदेव की कल्पना उसे सदियों से दूर एक जंगल में ले गई और वह जंगल में विलाप की तरह बोला—ऋषिराज! तुम्हारे पास समाधि, निरी समाधि, पर मेरे पास सपने हैं, बहुत सारे सपने···

बलदेव के बोल छाती में से उठ-उठकर पेड़ों से टकराते रहे—देखो ऋषिपुत्र, मेरी ओर देखो। यह देखो मेरी अंबिका—तुम्हें तो अपनी अंबिका की दूसरे दिन पहचान भी नहीं रही थी, पर देखो, यह मेरी परछाईं नहीं, मेरी अंबिका है, मैं जहां जाता हूं, मेरे साथ जाती है···

और बलदेव जोर से हंसा—देखो ऋषिपुत्र, तुम्हारी कोई परछाईं नहीं है। लोग सच कहते हैं कि देवताओं के परछाईं नहीं होती। पर इन्सान को तो परछाईं का शाप होता है···देखो मेरी परछाईं, मुझसे भी बड़ी···

फिर बलदेव की आवाज़ अति-की-खामोशी से टकराकर बुझ-सी गई—तुम्हारी समाधि टूट गई थी, जब सत्यवती ने आवाज दी थीं, पर मेरी आवाज से नहीं टूटती। क्यों नहीं टूटती? तुमने अंबिका की गोदी में खेलता हुआ अपना पुत्र कभी अपनी बांहों में उठाकर नहीं देखा, मैंने देखा है उसे, बांहों में उठाकर गले से लगाकर···और तुम नहीं जानते, फिर उसे अपने गले से हटाना, अपने मांस से मांस के टुकड़े को तोड़ने जैसा होता है···

बलदेव का सारा शरीर, शरीर में बहते हुए लहू में भीग गया—तुमने कभी लहू की गन्ध नहीं देखी, ऋषिपुत्र! आदमी के लहू की एक गन्ध भी होती है—जब वह धुर मन तक ज़ख़मी हो जाता है ··· और लहू की एक सुगन्ध भी होती है जब बच्चे के कोमल नरम होंठ हंसते हैं तब अपने ही शरीर में से लहू की एक सुगन्ध उठती है···

और एक और तीखी सुगन्ध बलदेव के माथे की नसों में फैल गई और वह अर्द्ध चेतना में बोला—मेरी अंबिका के शरीर की सुगन्ध चाहे कहीं चली जाय, मैं उसे ढूंढ़ सकता हूँ··· उसकी कांपती हुई सांसें यहां मेरे कन्धे के पास, मेरी बाहों के पास, मेरी गर्दन के पास पड़ी हुई हैं। एक अमानत की तरह पड़ी हुई हैं—और देखो, मेरे भीतर भी···मैंने उसके होंठों से पूरी एक घूँट पी थी···

बलदेव के माथे की एक नस चीस की तरह कस गई और वह निचले होंठ

को दांतों में लेकर कह उठा—ऋषिपुत्र! तुम सिर्फ देना जानते थे, तुम्हें कुछ भी लेने की, कुछ भी अंगीकार करने की पहचान न थी, मैंने वह पहचान पाई है। मैं जब अपनी अंबिका के जिस्म की तहों में उतर गया था, वह तहें मुझे लेकर एक मुट्ठी की तरह बन्द हो गई थीं और फिर जब फूल की पंखुड़ियों की तरह खुली थीं, मैं वापस लौटते हुए उनकी गन्ध अपने साथ ले आया था···वह सिर्फ कुछ देने का नहीं, कुछ लेने का पल भी था। मैंने वह पल देखा है ऋषिपुत्र! तुमने नहीं देखा। देना दर्द नहीं होता, लेना एक दर्द होता है, तुम वह दर्द नहीं जानते मेरे ऋषिराज!···

इर्द-गिर्द सब शान्त था—इर्द-गिर्द भी, दूर तक भी—जहां तक बलदेव को जिन्दगी के बाकी रहते बरसों का भविष्य दिखाई दे सकता था वहां तक एक अंत-हीन चुप! एक खामोश अंधेरा! पर बलदेव अंधेरे में पड़े हुए अंधेरे के एक टुकड़े की तरह गाढ़ा होकर अपने अंगों में सिमट गया। उसके होंठ कुछ इस तरह हिलते रहे जैसे अंधेरे की तहें हिलती हों—वह मेरे पास आग की एक चिंगारी लेने के लिए आई थी, मुझे उस चिंगारी के लिए जलना था, मैं जला था, पर यह नहीं जानता था—शायद वह भी जानती थी—चिंगारी को धारण करने के लिए उसे भी आग के शाप से गुज़रना पड़ेगा—आग उसे भी छू गई थी, तब वह कांप गई थी···वह सारी की सारी मुझ में सिमट गई थी जैसे वह अपनी लपट से शरमा गई हो···और अब मेरी इस राख में वह भी जलबुझकर अपनी राख को मिला गई है···देखो ऋषिराज!

चेतना के अंधेरे में एक आकार-सा उभरा—कोई पत्थर की मूर्ति जैसा, शायद समय से सचमुच पत्थर हो चुका, या अभी भी जीवित और तपस्या में लीन बैठा हुआ···बलदेव ने अंधेरे में बांह फैलाई, नीचे, ज़मीन को टटोलकर उसके पैरों को छूने के लिए और कांपती हुई बांह की तरह उसकी आवाज कांपी—मैं भूल गया ऋषिराज! मैंने आदम-पुत्र होकर तुम्हारी रीस की थी··· मैंने एक पल तुम बनकर देखा, सिर्फ एक पल···मैंने जैसे पल के लिए तुम्हारा आसन चुरा लिया, पर मैं तुम हो सकता···तुम अपने जंगल में अभी भी निश्चित बैठे हुए हो···मैं अपने जंगल में भटक रहा हूँ···मुझे सिर्फ देने का वरदान नहीं मिला है, लेने का शाप भी मिला है···मैं अपनी अम्बिका को अपने पास चाहता हूँ···अपना बच्चा भी···देखो! मेरी आँखें सिर्फ मेरे मुंह पर नहीं, मेरी

पीठ पर भी हैं—वह पीछे दूर वहां देख रही हैं जहां मेरी अंबिका मेरे पास थी, मेरे पहलू से सटी हुई—और मैं उसकी कोख में उग रहा था···

बलदेव की अर्द्धचेतना फिर नींद का झोंका बन गई तो कमरे की खामोशी ने एक चैन की सांस ली।

सिर्फ खिड़की में से आते हुए हवा के झोंकों से मेज पर पड़ी हुई किताबों के कुछ पन्ने इस तरह हिल रहे थे जैसे महाभारत के किसी पर्व का पृष्ठ उठकर कामू के 'आउटसाइडर' से कुछ कह रहा हो, या पास्तरनाक का 'जीवागो' आँखें मलता हुआ महर्षि पाराशर से मत्स्यगन्धा के योजनगन्धा बनने का भेद पूछ रहा हो···

अचानक कमरे की खामोशी चौंककर बलदेव की ओर देखने लगी, वह तड़पकर बिस्तर से उठते हुए कह रहा था—यह कैसा शाप है, वेदव्यास! जब भी सोता हूँ, आग की तरह जलने लगता हूँ, मैं भी, मेरी अंबिका भी—और जब भी जागता हूं, राख का एक ढेर बन जाता हूं··· बताओ, मेरा बच्चा बड़ा होकर इस राख में से अपना वंश कैसे ढूंढेगा?

और नदी उसी तरह बहती रही···सिर्फ उसके पानी ने कुछ उदास होकर देखा कि वह घटना राख बनकर परले किनारे पर पड़ी हुई है···।

एक खत

मैंने एक कहानी 'वह आदमी' पंजाब के प्रसिद्ध चित्रकार सोभा सिंह जी की ज़िन्दगी के आधार पर लिखी थी। वह गहरे और उदासीन व्यक्तित्व के मालिक थे, और दिल्ली लाहौर जैसे शहरों को छोड़ कर कांगड़ा वादी में चले गए थे। कहानी प्रकाशित हुई तो मैंने उन्हें कहानी भी भेजी, खत भी लिखा। जवाब में उनका पत्र आया था—

बीबी! आपके अचानक मिले पत्र ने खुशी दी, पर साथ ही परीक्षा का एक पहलू भी रख दिया कि बताइए कहानी कैसी लगी?

मैं आपकी हर कहानी-कविता को पढ़ता हूं, समझता हूं, आपकी आत्मा की बात कई बार मन की खिंची हुए तारों पर झंकृत हो जाती है। कामनाएं कहानी का रूप धारण कर लेती हैं।

कहानियों के पात्र बाहर से नहीं आते, हमारी आत्मा की रोशनी हर चिराग़ में हर रंग में जलती है। ज़िन्दगी की रात की सुबह होने तक जलती है...

जो प्रेरणा आप मेरे व्यक्तित्व की उदासीनता से ली हुई समझती हैं, वह आपकी भी शहरी जिन्दगी की दलदल से मुक्त होने की तड़प है।

इस कहानी 'वह आदमी' में आपने विशाल सागर को एक सकोरे में बंद करने की सफल कोशिश की है। उस पात्र की गृहस्थी की दलदल में घिरी हुई आत्मा, व्याकुलता के नीचे दब गई थी, और सब कुछ छोड़ कर फिर उसी दलदल में फंसने की यह अनिवार्य नियति है...

सारे प्यार सहित आपका
सोभा सिंह

वह आदमी

बीस बरस तक उसे एक ही सपना आता रहा···

जिस दफ्तर में वह नौकरी करता था, उसका मालिक खुश था कि वह दफ्तर के सारे डायल पर घड़ी की सुई की तरह घूमता था। उसे किसी काम की याद दिलाने की ज़रूरत नहीं पड़ती थी। यानी घड़ी को चाबी देने की ज़रूरत नहीं थी। उसका मालिक कभी-कभी सोचता था—घड़ी तो कभी-कभी रुक जाती है, सिर्फ वक्त नहीं रुकता···वह ज़िन्दगी के वक्त की तरह है···

वह दफ्तर की चारदीवारी में से निकलता और सीधा घर की चारदीवारी में दाखिल हो जाता। उसकी बीवी खुश थी—छोटी से लेकर बड़ी ज़रूरतों तक वह जो चाहती उससे मांग सकती थी। वह कभी मना नहीं करता था। घर में कुछ भी गिरता, टूटता, खोता, वह कभी माथे पर बल नहीं डालता था।

चार-चार दीवारों के दो परकोटे थे—जिनमें दफ्तर का मालिक दिन की

तरह चढ़ता था, और घर की बीवी रात सरीखी थी—सिर्फ अज्ञात रोग की तरह। उसे एक बात पता थी कि यह सब कुछ एक पराया सपना था···

और पूरे बीस बरसों तक उसे यह पराया सपना आता रहा···

सिर्फ जो तेवर उसके माथे पर नहीं पड़े थे, वे उसके अन्तस में पड़ गए थे। वे उसके ही दिल पर पड़ गए थे—और दिल एक तेवर के कसे हुए मांस की तरह हो गया था।

उसे लगता वह पराई नींद सोता था, पराई जाग जागता था।

फिर एक हादसा हुआ। उसकी बीवी को छोटे-से आपरेशन की ज़रूरत थी। अच्छी-भली अस्पताल गई, पर ज़िन्दा वापिस नहीं आई।

और उसकी ज़िन्दगी का एक परकोटा टूट गया—भगवान के हाथों से··· पर दूसरा बाकी था—उसे उसने दूसरे दिन भगवान की रीस में अपने हाथों से तोड़ दिया!··· अपनी नौकरी से इस्तीफा दे दिया।

और इस तरह एकबारगी चार-चार दीवारों के दोनों परकोटे टूट गए।

उसे बीवी की मौत पर अफसोस था—पर इस तरह जैसे एक नरम दिल वाले इन्सान को पड़ोसी के घर हुई मौत पर अफसोस होता है, या अखबार में किसी दूर-पास के व्यक्ति की मौत की खबर पढ़कर होता है। पल-भर के लिए आदमी का मुंह भी उतर जाता है, मत भी पर फिर आदमी अपने काम-धन्धे में लग जाता है।

वह भी काम-धन्धे में लग गया।

उसका सबसे पहला काम था—कि घर में उसको जो भी चीज़ फालतू लगती, उसे वह आधी-चौथाई कीमत पर बेचकर, जगह खाली कर रहा था।

रेडियोग्राम उसके लिए सबसे फालतू चीज़ थी—निरा शोर, उसने सबसे पहले उससे छुटकारा पाया। 'कुकिंग रेंज' ने भी यूं ही जगह घेर रखी थी—उसे तो कुछ पकाने के लिए सिर्फ आग की एक लपट चाहिए थी, और आग की लपट

के लिए दो-एक ईटें बहुत थीं। फ्रिज ने यूं ही पसारा किया हुआ था—उसे दो जून की ताजा रोटी में से कुछ भी बचाकर रखने की ज़रूरत नहीं थी। महंगे स्टील के बर्तन बिलकुल फ़िज़ूल थे—एक हांडी, एक तवा, और एक-आध प्लेट-प्याला, या एक-आध कोई और बर्तन बहुत था। वाशिंग मशीन एकदम निकम्मी चीज़ थी, वह अपना कमीज-कुर्ता रोज अपने हाथ से धो सकता था। महंगी कुर्सियां और मेज तो उसे बिलकुल नहीं चाहिए थे—लकड़ी के एक-दो मूढ़े उसके लिए काफी थे।

बिजली, पानी, टेलीफोन, हाउस टैक्स और इन्कम टैक्स के बिल अदा कर दिए थे। अब उसने फैसला किया—कि ये सब आखिरी बिल थे। अब वह इनकी अदायगी के लिए किसी कतार में खड़ा नहीं होगा।

उसे सिर्फ खाली जगह चाहिए थी—अपने बैठने के लिए अपने खड़े होने के लिए, अपने सोने के लिए और अपने जागने के लिए···

चीजों ने जगह खाली कर दी, पर यह काफी नहीं था, उसके चारों तरफ पक्की ईटों की दीवारें थी, और ये उसके अस्तित्व को चुभ रही थीं।

उसे याद आया—जब कभी शुरू-शुरू में वह अपनी बीवी से अपने सपनों की बातें किया करता था, तो उसकी बीवी को अपने चारों ओर धूल उड़ती-सी लगती थी। उसे पता था कि उसका सपना शहर की और सभ्यता की पक्की सड़कों पर चलने वाला नहीं था, वह कच्ची, निर्जन राह मांगता था, और उसकी बीवी को कच्ची-निर्जन राह की बात कभी समझ में नहीं आती थी।

वह बीवी की मौत के बाद और नौकरी के इस्तीफे के बाद जब जी भरकर सोया, उसे लगा वह अपनी नींद सोया था—और अपनी जाग जागा था।

सो, जल्दी ही, अगले दिनों में, उसने पक्की सड़कों से हिसाब-किताब चुकाकर एक पहाड़ी गांव की कच्ची राह पकड़ ली। थोड़ी-सी ज़मीन खरीदी, उस पर घास और मिट्टी की एक झोंपड़ी इस तरह बनाई जैसे आदमी अपने गले में कमीज-कुर्ता पहनता है, या सर्दी और पाले से बचाव के लिए कोई चादर या लोई लपेटता है।

यह झोंपड़ी उसके बदन को चुभती नहीं थी—उसके अस्तित्व के लिए दूर, परे तक ज़मीन भी खुली हुई थी—आसमान भी खुला हुआ था˙˙˙।

और दूर जहां तक नज़र जाती थी—खेतों से परे—नदी से परे—छोटी-बड़ी पहाड़ियों से भी आगे—उसे अपना अस्तित्व दिखता था।

उसके हाथ-पैर थकना चाहते थे पर मन नहीं थकना चाहता था। अब वह जब अपनी छोटी-छोटी क्यारियों को गोड़ता और बीजता—उसे एक रहस्य-सा खुलता लगा—

जब हाथ-पैर नहीं थकते तब मन थक जाता है—
मैं बीस बरसों का थका हुआ था।
अब मेरे हाथ-पैर थकने लगे हैं—
तो मेरे बीस बरसों की थकावट उतरने लगी है।

आवाज़ें अब भी दूर और पास उसके गिर्द थीं—पेड़ों के पत्तों की शां-शां, घास की सरर-सरर पास की नदी के पानी की कल-कल, उसकी एक बकरी की मैं-मैं, उसकी तीन मुर्गियों की कुड़ - कुड़, और शुरू जाड़ों में दूर पहाड़ी पगडंडियों पर से उतरते 'गद्दी' गीतों की आवाजें, और शुरू गर्मियों में उन्हीं पगडंडियों पर से पहाड़ों पर चढ़ते गीतों के स्वर। पर ये आवाजें उसे अपने दिल की धकधक की तरह लगतीं। या अपनी बांह में टक-टक करती नब्ज की तरह। और इनकी जगह जब कभी उसे अपने दफ्तर के मालिक के, या घर की बीवी के, रोटी के, चाय के, या शराब के समागम याद आ जाते तो वह घबराकर अपने दोनों कानों पर हाथ रख लेता। और अब वह अपनी आंखों से अपना सपना देख रहा था जो नित्य नया था। इसमें कहीं से उड़कर आ बैठते पंछी थे, पेड़ों की शाखाओं पर उगते पत्ते थे, मक्की के सिट्टों के उभरते दाने थे, याद के पौधों पर फूटती पत्तियां थीं˙˙˙।

सात बरस गुज़र गए। शान्त और निर्विध।

एक दिन दिनढले, वह गुड़ और शहद से रोटी खाकर चूल्हे की आग के पास बैठा, दिये की रोशनी में रोज की तरह एक किताब पढ़ रहा था कि झोंपड़ी के दरवाजे की जगह अड़ाए हुए लकड़ी के तख्ते पर खड़का हुआ।

वह किताब से सिर उठाकर कुछ देर तख्ते को ऐसे ताकता रहा—जैसे वह उसकी झोंपड़ी का तख्ता नहीं, किसी और के घर का दरवाजा हो। भला उसके पास कौन आता?

फिर वह खड़ा हुआ। साथ ही तख्ते की झिरियों में से गुज़रती हुई कुछ आवाज़ भी आई, जो उसने पहचानी नहीं। उसने उठकर दरवाजे के तख्ते को हाथ से उठाया, परे किया—सामने एक जवान-सा लड़का खड़ा हुआ था, जिसने झिझकते हुए कहा—"आप के॰पी॰ मदान···कंवर साहब···?"

उसने बरसों बाद अपना नाम सुना, जिसको उसने इस कच्ची राह पर आते हुए परे, पक्की सड़क पर ही छोड़ दिया था। पर पूछनेवाले को जवाब देना ही था, इसलिए दिया—"हां।"

"मैं अन्दर आ जाऊं?"

उसने दरवाजे से परे होकर, आनेवाले के गुज़रने के लिए जगह छोड़ दी। आनेवाले के हाथ में एक पुराना, पर बड़ा-सा सूटकेस था।

आनेवाले ने सूटकेस को अन्दर रखते हुए उसके बोझ से हल्का होते हुए चूल्हे की आग की ओर देखा, फिर उसके मुंह की ओर ताकता कहने लगा—"मैं इन्द्र हूं, आपका छोटा भाई···।"

"इन्द्र···?" उसे एक-एक पुरानी सुनी हुई—आधी याद और आधी भूली हुई कहानी के पात्र की तरह यह नाम याद आया—और कुछ पहचान-सी भी··· उन दिनों जब उसका बाप ज़िन्दा था तो अपनी सौतेली मां के इस बेटे को देखा था। तब यह इन्द्र मुश्किल से स्कूल जाने लायक बड़ा था।

तख्ते को फिर पहली जगह रखते हुए और ऊंचे मूढ़े जितने लकड़ी के ठूंठ को चूल्हे के पास रखते हुए उसने इन्द्र से बैठने के लिए कहा, फिर कुछ पूछने के लिए उसकी तरफ देखा। पर बाप ज़िन्दा नहीं था, जिसके बारे में कुछ पूछ सकता

था, और सौतेली मां ने मुद्दत से उससे नाता तोड़ रखा था, इसलिए पूछने लायक कुछ भी नहीं था···।

इन्द्र खुद ही कहने लगा—"मैंने शहर से, आपके पुराने दफ्तर से, आपका कुछ पता लगाया। फिर गाड़ी से उतरकर रास्ते में पड़ने वाले गांवों में पूछता रहा···।"

उसके जी में आया कि वह कहे—'किसलिए?' पर किसी घर आये को ऐसे कहना उसे ठीक नहीं लगा। इसकी जगह उसने कहा—"कुछ खाओगे? रोटी—चाय···?"

इन्द्र ने जल्दी से कहा—"मुझे तो बड़ी भूख लगी है।"

उसने एक मिट्टी के घड़े में रखा हुआ आटा मुट्ठियों से निकालकर एक थाली में गूंधा फिर चूल्हे पर तवा रख दिया। चूल्हे में कुछ नई लकड़ियां डालकर उसने कुछ रोटियां सेंकी, फिर थाली में गुड़ और शहद रखकर उसे रोटी दे दी। ख्याल आया, सुबह उसने अपने लिए दो अंडे उबाले थे, पर खाना भूल गया था, वे अभी आले में पड़े हुए थे। उसने वे अंडे भी छीले और चूल्हे पर चाय का पानी रख दिया।

इन्द्र को शायद बहुत भूख लगी थी—यह सादी रूखी-सूखी रोटी वह जल्दी-जल्दी खा रहा था। इन्द्र को ऐसे रोटी खाते देखकर उसे कुछ अच्छा लगा। पर साथ ही उसका ध्यान उसके सूटकेस की ओर गया—तो उसे ख्याल आया कि यह अब रात को यहीं रहेगा। और उसके लिए अपने बिछौने से ज़रा परे एक बिछौना बिछाते हुए उसे समूची झोपड़ी अजीब-सी लगने लगी।

गर्म चाय के घूंट भरता हुआ इन्द्र ऊंघ रहा था। फिर वह चुपचाप चाय का खाली प्याला एक ओर रखकर अपने बिछौने पर जाकर सो गया।

वह कुछ देर तक उसके मुंह की तरफ ताकता रहा, फिर चूल्हे की लकड़ियां पीछे खींचता हुआ खुद भी सोने की कोशिश करने लगा।

सुबह चूल्हे पर दलिया पकाने को रखकर, वह जब बकरी का दूध दुहने

लगा, तब वह सोचने लगा—बस, अब चाय-पानी पिलाकर विदा कर दूंगा। वैसे तो शायद वह खुद ही···।

और दूध की लुटिया उठाते हुए उसे ख्याल आया—कह रहा था, शहर में दफ्तर से तुम्हारा पता पूछा, फिर गाड़ी से उतरकर रास्ते में आने वाले गांवों में पूछता रहा—जो ऐसे पूछते-पूछते आया है, पता नहीं किसलिए आया है, कितने समय के लिए आया है···।

दूध की लुटिया लाते हुए उसने देखा, इन्द्र सोकर उठा है, झोपड़ी के बाहर आया है, दूर पहाड़ की ओट में से उगते हुए सूरज को देखकर बहुत खुश होकर हैरान-सा खड़ा हुआ है।···उसका गुस्सा कुछ कम हो गया।

"कहीं पानी की आवाज आ रही है, पास ही कहीं कोई नदी बहती है?" इन्द्र ने पूछा, और हाथ के इशारे से जवाब मिलने पर कि सामने इन पेड़ों के पीछे···वह एक हिरन की तरह चौकड़ी भरता हुआ पेड़ों की तरफ बढ़ गया।

उसने दलिया पकाकर गुड़ और दूध डालकर हांड़ी चूल्हे के पास रख दी, और चूल्हे पर चाय का पानी रखकर, चश्मे से पानी का घड़ा भरने के लिए चला गया।

वह पानी का घड़ा लेकर लौट रहा था कि नदी से नहाकर आते हुए इन्द्र ने उसे दूर से ही देखा, और तेज कदमों से चलकर रास्ते में ही पानी का घड़ा उठा लिया।

रात शायद इस लड़के को लम्बे सफर की थकान थी, शायद भाई 'नाम' के सुने-सुनाए आदमी से इस तरह आकर मिलने की घबराहट थी, या वैसे ही शायद रात अंधेरे में यूं लगता था—अब उसके आगे दलिये का प्याला और चाय का गिलास रखते हुए उसे लगा—रात को यह कुछ और ही तरह का शहर का बिगड़ैल-सा लग रहा था, पर अब नदी से नहा-धोकर आया है तो अच्छा-भला ··· अच्छी सूरत-शक्ल का दिख रहा है।···शायद मन का भी बुरा नहीं। ···

और चूल्हे के पास बैठकर धीरे-धीरे चाय पीते हुए बीस बरसों से भी ज्यादा बीते समय के कुछ टुकड़े स्मृति-पट पर हिलते-से लगे···बाप हमेशा अपने

व्यापार में व्यस्त, हमेशा बढ़ते या गिरते भाव की बातें करता, हमेशा किसी जल्दी में कहीं जा रहा··· और मां हमेशा शीशे के आगे खड़ी कंघी करती, या बाजार नये कपड़े खरीदने के लिए जा रही···उसे छुटपन में ही होस्टल में भेज दिया गया था, और कितनी देर बाद पता लगा कि घर में मां नाम की जो औरत थी, वह उसकी मां नहीं थी। उसकी मां उसके जन्म के बाद ही मर गई थी।

स्कूल-कालेज की छुट्टियों में देखे हुए घर की कुछ परछाइयां-सी उसकी आंखों में हिलीं, पर वह आंखें झपकाकर इन्द्र की तरफ देखता, उसके नक्शों में किसी याद को खोज न पाया।

तू यहां क्यों आया है? कुछ ऐसी ही बात पूछनी थी—पर इन्द्र इस समय नहा-खाकर एक तृप्त बिल्ली की तरह चूल्हे के पास अलसाया-सा बैठा हुआ था। उससे कुछ भी न पूछा गया।

बल्कि चूल्हे की धीमी आंच पर दाल की हंडिया रखते हुए उसने कहा—"चने की दाल खा लोगे ना?" और साथ ही कहा—"तुम्हारा जी करता हो तो सामने की पहाड़ी पर घूम आना, मैं जरा मटर की क्यारी देख आऊं—कोई दाना पड़ गया हो तो दो-चार तोड़ लाऊं··· ।"

वह उठकर बाहर की क्यारी की तरफ चला, तो देखा—इन्द्र उसके पीछे-पीछे उसके साथ चला था। कुछ देर दोनों चुपचाप चलते रहे। एक बार वह पीछे अमरूदों के पेड़ों के पास खड़ा हुआ-सा लगा, पर फिर लम्बे-लम्बे डग भरते हुए वहां उसके पास आ गया, जहां फलियों को टटोलकर वह पके हुए मटर तोड़ रहा था।

"अपने कितने-एक खेत हैं?"

उसे दूर परे देखते हुए इन्द्र की आवाज सुनाई दी तो उसने परती पहाड़ियों तक देखते हुए जवाब दिया—"जहां तक नजर जाती है सब कुछ अपना है, यहां का झरना भी, नदी भी, यह सारा जंगल भी··· ।"

इन्द्र जंगली फूलों की तरह हंसने लगा। आस-पास कोई बोया या जुता हुआ खेत दिखाई नहीं दे रहा था, कहने लगा—"यह जंगल तो जंगलात के महकमे का होगा।"

मटर की पोटली-सी बांधते हुए वह क्यारी के पास से उठ बैठा, और जंगल की तरफ देखकर कहने लगा—"उनका क्या है, वर्दियां पहनकर बरस में एक बार आते हैं, पेड़ों पर नम्बर-से लिख जाते हैं और चले जाते हैं। यह सब कुछ मेरा ही रहता है या जंगली जानवरों का···।"

और वह खुद भी जंगली फूलों की तरह हंसने लगा।

इधर अनार और अमरूदों के पेड़ों के नीचे उसने मिट्टी का एक थड़ा-सा अपने बैठने के लिए बनाया हुआ था। उस थड़े के पास आकर वे दोनों खड़े हो गए। एक तरफ कुछ ढलान पर मक्की की एक छोटी-सी क्यारी थी, इन्द्र उसकी ओर देखकर पूछने लगा—"अपनी है?"

उसने मिट्टी के थड़े पर बैठते हुए 'हां' में सिर हिलाया।

"बस इतनी-एक? हम और भी तो बो सकते है···।"

उसने एक बार गौर से इन्द्र के मुंह की ओर ताका, फिर कहने लगा—"किस-लिए? फिर फालतू की मंडी में ले जाकर बेचनी पड़ेगी··· मक्की भी मैंने अपने लिए बो रखी है, चाय के दो-चार पौधे भी अपने लिए··· साग- सब्जी भी अपने लिए···।"

और उसे इन्द्र का अभी कहा हुआ वाक्य अपने कानों में अटकता-सा लगा—'हम और भी तो बो सकते हैं···' और उसने अपने कानों को मला—जैसे 'हम' शब्द को कान के मैल की तरह बाहर निकाल रहा हो···।

इन्द्र ने उसके पास उसके थड़े पर बैठते हुए बड़ी नम्रता से कहा—"मुझे यहां अपने पास रख लो···।"

वह थड़े पर से उठने को हुआ, पर फिर संभलता हुआ बैठ गया।

इन्द्र, सिर को कुछ नीचा-सा करके, कहने लगा—"मां बहुत दिनों से बीमार थी···उसने तमाम रुपया मामा के पास रखा हुआ था···।"

उसे याद आया—यह उड़ती-सी बात उसने सुनी थी कि बाप का सारा पैसा

मां अपने भाइयों के पास रखा करती थी कि उसके पीछे उसका सौतेला बेटा कुछ ले न सके।··· उसे हंसी-सी आई, इन्द्र से पूछने लगा—"फिर?"

"मामा ने कुछ नहीं दिया—मां पिछले महीने मर गई ··· " इन्द्र का मुंह उतरा हुआ था, सिर झुका हुआ था, आवाज़ बुझी हुई थी; कह रहा था—"मेरे पास और कोई जगह रहने को नहीं है···"

वह घबड़ाकर थड़े पर से खड़ा हो गया। उसने जोर से चीखकर कहना चाहा—'नहीं, नहीं··· बिलकुल नहीं···" पर उसकी आवाज उसके गले में ऐसे खो गई-जैसे पहाड़ी मोड़ पर खो जाती है। वह बेबस-सा इधर अपनी बांह के पास आकर खड़े हुए इन्द्र की ओर देख रहा था, और इन्द्र कह रहा था—"कंवर भैया! मेरा और कोई नहीं ··· ।"

उसने हाथ से इन्द्र को बांह से परे करना चाहा, पर हैरान होकर देखा, उसका हाथ इन्द्र के कन्धे के पास जाकर कन्धे पर टिक गया था। वैसे वह हाथ की हथेली से उसको सहारा भी दे रहा था और आसरा भी।

सामने एक भोला-सा मुंह था, कोमल-सा, और शायद मामा लोगों की दग़ा से घबड़ाकर सारी सभ्यता से भागा हुआ। उसने हाथ से उसके कन्धे को सहलाया। कहा—"अच्छा! तू इस मक्की की क्यारी के पास अपनी कुठरिया बना ले।"

लड़का मक्की के दाने की तरह खिलता-सा लगा। उसने खुद उसके साथ मिलकर गारा बनवाया। नीचे के गांव से छत के लिए पत्थर की सलेटें दुलवाईं, और उसके कहने पर उसका मन रखने के लिए—गांव के बढ़ई से चौखट और दरवाजा भी बनवा दिया।

वैसे वह मन में सोच रहा था कि ये शहर के बीच शहर में ही उगते है। पढा-लिखा है—मर्द है, खुद ही दो-चार महीनों में ऊबकर शहर चला जाएगा।

उसकी खरीदी हुई ज़मीन की हदबन्दी सिर्फ कागजों में थी, उसने कोई बाड़-बांध नहीं लगाया हुआ था। ज़मीन काफी थी, पर उसने कभी जोती-बोई नहीं थी। इन्द्र ने उससे पूछकर काफी सारी ज़मीन को क्यारियों में बांट दिया। फिर नीचे के गांव से कुछ कमेरे बुलाकर उनकी जुताई-बिजाई करवा दी।

इन्द्र बीच-बीच में शहर चला जाता था, और उसके जाने के बाद वह हर बार सोचता था कि इस बार शायद उसको कोई नौकरी मिल जाएगी, और वह शहर में ही रह जाएगा। उसका यह सोचना सिर्फ उसकी तमन्ना थी, जो हर बार पूरी नहीं होती थी। और इन्द्र पांचवें दिन, या दसवें दिन फिर लौट आता था।

अब कभी-कभी इन्द्र को शहर से चिट्ठी भी आती थी, पर पता नहीं किसकी, उसने कभी पूछा नहीं था। पर डाकिये का ऐसे अचानक सिर पर आ खड़े होना उसे अच्छा नहीं लगता था।

एक दिन इसी तरह एक चिट्ठी आई, उसके सामने इन्द्र ने खोली, पढ़ी, और उसका मुंह मटमैला-सा होता गया।

उसके अनुमान से यह ऐसी चिट्ठी थी—इन्द्र के किसी दोस्त-मित्र की लिखी हुई, जिसमें इन्द्र को नौकरी की आस टूटती-सी लगी थी।

इन्द्र की जुती-बोई हुई क्यारियां अब कमर तक उसरा आई थीं—पर इन्द्र चिट्ठी को हाथ में पकड़कर क्यारियों की तरफ ऐसे देख रहा था जैसे किसी बैल या डंगर ने उन क्यारियों को रौंद दिया हो।

वह पेड़ की एक टहनी में हाथ डालकर और हाथ की किताब को हाथ में ही बन्द करके, इन्द्र के मुंह की ओर ताक रहा था। इन्द्र ने डरी हुई आंखों से उसकी तरफ देखा—फिर उसकी बांह के पास खड़े होकर बांह को धीमे से थामकर बोला—"कंवर भैया···उस लड़की का खत आया है···" और उसकी आवाज़ बाहर होने की बजाय उसके गले में उतर गई।

उसने बांह को झटके से छुड़ाकर पूछना चाहा कि कौन-सी लड़की···किस लड़की का···पर उससे न बांह हिलाई गई न जीभ।

"कहती है—उसका बाप उसे भी जान से मार देगा और मुझे भी···।"

"क्यों?" उसके मुंह से मुश्किल से निकला।

इन्द्र की आवाज लड़खड़ाई-सी थी—"वह बीमार है···नहीं, बीमार नहीं···डाक्टर ने बताया है···उसे बच्चा···।"

सुनकर उसके माथे पर एक तेवर पड़ गया। तपी हुई-सी आवाज में पूछने लगा—"तेरा बच्चा है?"

इन्द्र ने शर्मिन्दा-सा होकर सिर झुका लिया।

उसने उसी तपी हुई आवाज में पूछा—"और वह क्या कहती है?"

"ब्याह···" इन्द्र के मुंह से सिर्फ इतना-सा कहा गया।

वह पल-भर कच्चे अनारों की टहनी पर आ बैठी चिड़िया को देखता रहा। फिर हंस पड़ा—"जाओ, शहर जाकर, जैसे वह कहती है, उसके साथ ब्याह कर लो।"

इन्द्र का मुंह अनार के फूलों की तरह खिल उठा। उसने मुंह से कुछ न कहा, पर अपनी सलेटोंवाली छत की ओर ऐसे चल पड़ा जैसे जल्दी से ब्याह का कुछ काम-काज करना हो।

वह खुद जब अपनी झोपड़ी में आया, न चाहते हुए भी उसने छत की कड़ियों के बीच रखी हुई एक पोटली को खोला, और उसमें से कुछ नोट निकालकर अपनी कमीज की जेब में रख लिए।

शहर जाते हुए इन्द्र को उसने धीरे से वे नोट पकड़ा दिए और कहा—"तुझे जरूरत पड़ेगी।" फिर दो-एक फलांग उसके साथ स्टेशन की ओर जाती पगडंडी पर चलता रहा। और फिर अचानक खड़ा होकर पीछे अपनी राह की ओर ताकते हुए कहने लगा—"तुम पढ़े-लिखे हो-शहर में कोई नौकरी ढूंढ़ लेना।"

और वह पीछे तेज कदमों से ऐसे लौट पड़ा—जैसे उसका जंगल आज खाली होकर उसका इन्तजार कर रहा हो।

वह और उसका एकाकीपन एक-दूसरे को कसकर गले मिले।

जंगल की सारी हवा फिर उसकी अपनी हो गई। अब पेड़ों के पत्ते सिर्फ उसकी आंखों के लिए झूमते थे। अब नदी का पानी सिर्फ उसके लिए बहता था। अब दिन सिर्फ उसके लिए चढता था, रात सिर्फ उसके लिए होती थी।

पर आठ दिन गुज़रे थे, वही दिन ढलने का वक्त था, वह चूल्हे की आग के पास बैठकर कोई किताब पढ़ रहा था कि दरवाज़े की जगह अटकाया हुआ लकड़ी का तख्ता खड़क उठा।

उसने सहमकर तख्ते को परे किया। सामने इन्द्र हंसता-सा खड़ा हुआ था।···

वह अभी हैरान-सा उसके मुंह की ओर ताक ही रहा था कि उसके पीछे खड़ी एक लड़की ने आगे होकर, झोपड़ी की दहलीज में आकर उसके पैरों को छुआ, और पैरों की ओर सिर झुकाए ऐसे खड़ी रही जैसे उससे आशीर्वाद मांग रही हो। पल-भर की सुन्न-सी खामोशी के बाद उसने लड़की के सिर पर प्यार से हाथ फेरा और कहा—"आओ! आओ! अन्दर आ जाओ।"

सुबह की दाल पड़ी हुई थी। उसने जब चूल्हे पर तवा रखा, लड़की ने आगे होकर चकला-बेलन पकड़ लिए और चूल्हे के पास बैठकर रोटियाँ पकाने लगी।

लड़की के हाथ में कांच की चूड़ियां थी। वह जब रोटी बेलती, चूड़ियां खनकती थीं। इन्द्र भी रोटी खा रहा था, वह भी, पर उसका ध्यान सिर्फ चूड़ियों की खनक की ओर था—जो दूर तक पसरी हुई पेड़ों की शां-शां में बिलकुल अलग लग रही थी। अलग भी, अजनबी भी, और कानों को खटकती-सी भी।

दूसरे दिन सलेटों की छत वाली कुठरिया के पास एक नई कुठरिया बन रही थी—उन दोनों की रसोई के लिए। और नीचे के गांव से दो नई खटियां आ रही थीं, नये लिहाफ, गद्दे भी, और कुछ नये बर्तन भी।

गांव से टूटा हुआ ज़मीन का यह टुकड़ा जैसे गांव का हिस्सा बन रहा था। गांव से कमेरे, बढ़ई, राज-मजदूर रोज़ आते-जाते थे। एक बहंगीवाला नदी से पानी के कनस्तर भरकर लाने लगा था।

और खड्ड के पार दिखती सामने की पहाड़ी तक—जहां तक नजर पक्षियों की तरह उड़कर जाती थी—वहां जब एक बड़ा सा छप्पर डलने लगा, तो वह ऐसे तड़प उठा, जैसे उसके जिस्म से उसके पंख नीचे जा रहे हों···

इन्द्र ने नम्रता से कहा—"आप कहते थे ना कि मैं पढ़ा-लिखा हूं, कोई काम

करूं। सो मैंने सोचा—यहां बच्चों का स्कूल खोल लूं। नीचे के किसी गांव में कोई स्कूल नहीं ··· बस आठ आने या रुपया महीने की फीस रख लूंगा, इतने पैसे तो हर कोई ··· ।"

उसके दोनों कानों में जैसे फुंसियां हो गई हों···

और अगले महीने इन्द्र कह रहा था—'सुना है स्टेशन के पास के गांव में परसों एक मिनिस्टर आ रहा है, आप बुजुर्ग हैं, आप उससे जाकर कहें—कि हमें···हमारी ज़मीन तक सड़क पक्की करवा दें, और साथ ही यहां बिजली भी दिलवा दें, स्टेशन तक तो बिजली आई हुई है··· "

उसके कानों में ऐसे टीस होने लगी जैसे कानों की फुंसियों में पीप पड़ गई हो।

और अगले महीने दो दिन के लिए इन्द्र शहर गया। वापिस आते हुए वह दूर परे से ही सुनाई दे रहा था। उसके हाथ के ट्रांजिस्टर की आवाज़ अगले पहाड़ से भी टकरा रही थी और उसने पिछले गांवों के कितने ही लड़के-लड़कियों को अपने पीछे लगा रखा था। और इन्द्र पास आते हुए हंसते-हंसते कह रहा था—"देखो, कंवर भैया, यहां कोई अखबार-बखबार तो आते नहीं, अब हम रोज़ खबरें भी सुन लिया करेंगे, और ड्रामें भी।"

और अगले महीने नीचे के गांव से आई हुई दाई उससे कह रही थी—"ईश्वर सलामत रखे, अब तो गिनती के दिन रह गए हैं। बच्चे के लिए गउ-भैंस खरीद लो···घर-आंगन सुख से भर जाएगा।"

और उसे पहाड़ों की ओट से उगते सूरज की तरह पहले जो कुछ धुंधला-धुंधला दीखता था, वह अब प्रत्यक्ष दीखने लगा··· कि वह अब फिर सात वर्ष के बाद, पराया सपना देख रहा है···

सीमा से आगे

रजनीश लिखते हैं कि अमरीका में कहीं एक जेलर है, सिर्फ उन कैदियों का जिन्हें खतरनाक कहा जाता है। उस जेल में सिर्फ वही कैदी रखे जाते है जिन्हें उम्र कैद की सजा होती है; यह वे जिन्हें—मौत की सजा हो चुकी होती है। और वह जेलर प्यार और विश्वास में इतना उतर चुका है कि वे कैदी उसे एक फरिश्ता मानते हैं। एक बार जब एक कैदी के लिए मौत का दिन मुकर्र किया गया, तो उसने तड़प कर एक बार अपने गांव को और अपने लोगों को नज़र भर देखना चाहा। जेलर ने उसे एक हफ्ता दे दिया कि वह अपने गांव चला जाए। वह गया, और पांच दिन बाद लौट आया। कहने लगा—कहीं आने में देर हो जाती तो जेलर साहब के लिए मुश्किल खड़ी हो जाती—इसी लिए दो दिन पहले लौट आया हूँ···

यह प्यार और विश्वास किस तरह जादू जगा सकते हैं, कभी कभी यह यथार्थ उस हद तक पहुंच जाता है, जहां कल्पना देखती रह जाती है···

"अपना अपना कर्ज़" कहानी लिखने से पहले जब उसका वाकया सामने आया, तो सामने होते हुए भी यकीन नहीं हो पा रहा था। उस वाकया को मैंने उसी तरह लिखा है जिस तरह वह था। पर कहानी में जिनको मैने राज बख्शी नाम दिया है, उनके विश्वास का तकाजा है कि मैं और कुदन कहूं। सिर्फ वह कहानी यहां दर्ज करती हूं जिसमें हर रिश्ते की सीमा छोटी पड़ जाती है, और इन्सान आगे चल देता है···

अपना-अपना क़र्ज

वह एक टूटी हुई बात की तरह थी।

किसी को मालूम नहीं कि वह कौन थी, कहां से आयी थी, कब आयी थी—शायद कुँआरी थी, शायद विधवा थी, क्योंकि मर्द के नाम पर उस की झुग्गी में कोई दो बरस का एक बच्चा था, पर वह उस का भी हो सकता था, और उस दूसरी उस से कुछ पक्की उम्र की औरत का भी।

नयी, बन रही बस्ती में, सभी नये थे। वे भी—जो वहां अपने घरों की नीवें खुदवा रहे थे, और वे भी—जो ईंटें और चूना ढोकर दीवारें खड़ी कर रहे थे। सो, नीम के पेड़ों के नीचे बनी हुई उस की चाय की झुग्गी न जाने पेड़ों की आयु की थी, या हाल में ही खुदी नीवों की आयु की।

लोगों को केवल यह मालूम था कि उस का नाम मूर्ति है, और उस की झुग्गी में सवेरे से लेकर शाम के पाँच बजे तक, मजदूरों की छुट्टी होने के समय तक, गरम दालचीनी वाली चाय मिलती हैं।

वह अक्सर मोटी मलमल की लाल धोती बाँधे रहती थी, और चूल्हे में जलती हुई लकड़ियों के पास बैठी हुई वह भी चूल्हे की आग जैसी मालूम होती थी।

वह दूसरी, उस से पक्की आयुवाली, जब धूप चढ़ती तब बच्चे को खिलाती हुई बाहर नीम के पेड़ों के नीचे बैठी हुई दिखायी देती, और जब शाम की ठण्ड उतरने लगती, तब बच्चे को आँचल में लपेटकर वह झुग्गी के भीतर जाती हुई दिखायी देती। चाय सिर्फ़ वह मूर्ति बनाती और बाँटती दिखायी देती थी।

राज बख्शी के घर छतें जब पड़ चुकीं, तब कुछ दिनों के लिए काम थम गया। पर बख्शी साहब इन दिनों भी नियम से आते थे और चौकीदार को भेजकर चायवाली झुग्गी से चाय मँगवाते थे तथा कुछ देर वहाँ अकेले कुर्सी पर बैठे रहते थे।

एक दिन वे कुछ देर से आये। बन रहे सब मकानों के चौकीदार अपनी-अपनी झुग्गी में आग जलाकर कुछ पका-वका रहे थे और मूर्ति की झुग्गी में भी चाय के बरतन माँजे-धोये जा चुके थे, कि उन्होंने चौकीदार को चाय लाने के लिए भेजा।

मूर्ति ने नये सिरे से चाय का पानी रखा। चौकीदार शायद उन के लिए सिगरेट लेने चला गया था। मूर्ति ने चाय बना कर उस का इन्तजार किया, फिर स्वयं जाकर बख्शी साहब को चाय दे दी।

नीम के पेड़ों से झड़े हुए पत्ते ज़मीन पर कुछ इस तरह हिल रहे थे जैसे मिट्टी को टटोल-टटोलकर अपनी जड़ें खोज रहे हों।

राज बख्शी ने चाय का प्याला हाथ में लेते हुए मूर्ति की ओर देखा था, पर फिर आँखें परे कर ली थीं। फिर भी आँखों में से कुछ उतरकर अभी तक मूर्ति के मुँह पर हिल रहा था…

वे चाय पी रहे थे। मूर्ति परे कुछ दूर पर संध्या के सिमटते हुए उजाले की तरह खड़ी रही।

"मूर्ति!" अचानक उस की आवाज ऐसे आयी जैसे हवा के एक झोंके से नीम के पेड़ से बहुत सारे पत्ते झड़ पड़े हों।

"जी!" न जाने क्यों मूर्ति को लगा जैसे उस की आवाज पीपल के पत्ते की तरह काँप गयी थी। शायद उन तक पहुंची भी नहीं थी। होंठों में ही काँप गयी थी।

"तुम यहाँ कब आयी? किस तरह?"

मूर्ति ने परे शून्य में देखा··· परे, वहां तक—जो आँखों की पहुँच से बाहर था, फिर कहा, "काफिले के साथ, जब सारे लोग आये थे।"

राज बख्शी ने नज़र भरकर उस की ओर देखा। गोधूलि के इस समय में वह काँसे की मूर्ति की भाँति अचल खड़ी लगती थी।

उन्हें ख़याल आया—पिछले वर्ष इस धरती का विभाजन एक और गज़नवी की तरह आया था जिस ने न जाने कितनी मूर्तियाँ तोड़ी थीं, और यह एक मूर्ति न जाने किस मन्दिर में से उठाकर यहाँ एक झुग्गी में लाकर रख दी थी···

पर साथ ही राज बख्शी को डूबते हुए सूरज की लाली जैसा एक तीखा-सा एहसास हुआ—लोग सदा अपने घर-बार रोज़गार और रहन-सहन जैसी हैसियतों से ही पहचाने जाते हैं—ये सब चीज़े जब उन के पास से खो जायें, उन के चेहरे भी खो जाते हैं। पिछले बरस उन्होंने कई कैम्प और काफ़िले देखे थे—अपनी-अपनी हैसियत के बिना लोगों के अपने चेहरे भी खोये हुए थे। सब कुछ एक भट्ठी में गलकर एक जैसा हो गया जान पड़ता था—चेहरे भी, आवाज़ें भी, ख़याल भी···

'पर यह मूर्ति किस तरह साबुत की साबुत···' राज बख्शी को मूर्ति के घर-बार या उस की हैसियत का पता नहीं था, पर एक गहरा-सा एहसास था—'वह जो भी थी—वही है। उस की किसी मन्दिर या महल में रहने वाली अदा यहाँ इस झुग्गी में भी है···'

मूर्ति उसी तरह एक दूरी पर खड़ी थी। चाय का प्याला उसी तरह राज

बख्शी के हाथों में थमा हुआ था। शायद वह खाली प्याला लेने के लिए खड़ी हुई थी, पर पांवो के आगे बिछी हुई खामोशी को न वह तोड़ सकती थी, न···

फिर अचानक खामोशी टूट गयी। चौकीदार के पैरों की आवाज ने तोड़ दी। राज बख्शी ने खाली प्याला चौकीदार को थमा दिया, चौकीदार से मूर्ति ने ले लिया, और पीछे झुग्गी की ओर मुड़ती हुई मूर्ति को चौकीदार ने जब दो आने दिये, वे चीनी की प्लेट में इस तरह छनके जैसे दो टुकड़ों में टूटी हुई खामोशी से कुछ और कंकड़ गिर आये हों···

राज बख्शी अगले दिन भी आये, उस से अगले दिन भी, उस से अगले दिन भी; पर उन्होंने स्वयं झुग्गी के पास जाकर चाय मांगी, पी, और दो टुकड़ों में टूटी हुई खामोशी फिर एक साबुत टुकड़ा मालूम होने लगी।

कुछ आवाजें ऐसी होती है—जो खामोशी के बदन में लहू की नसों की तरह चलती हैं, और उन के कारण वह चुप बड़ी जीती जागती मालूम पड़ती है। एक दिन चाय बनाते समय मूर्ति के पास खेलते हुए बच्चे की आवाज भी ऐसी ही थी।

"यह बच्चा?"

"मेरा है।"

यह सवाल और जवाब भी लहू की हरकत की तरह थे। ठण्डी खामोशी कुछ तपते हुए हुए रंग की हो गयी।

"वह?" राज बख्शी ने अन्दर झुग्गी में बैठी हुई, दूसरी औरत की ओर देखा।

जवाब में मूर्ति ने पहले बच्चे से कहा, "जा, अन्दर अपनी माँ के पास जा।"

फिर बख्शी साहब से कहा, "वह मेरे बच्चे की माँ है।"

खामोशी जैसे जोर-जोर से धड़कने लगी।

अगले दो दिन राज बख्शी के कानों में मूर्ति की आवाज पत्तों की शाँ-शाँ की तरह चलती रही। उन्होंने उस की झुग्गी से रोज़ चाय पी, पर फिर कुछ पूछा नहीं।

मूर्ति के शब्द सीधे थे—"यह मेरा बच्चा है, वह मेरे बच्चे की माँ है।" पर अर्थ सिर्फ़ पत्तों की शाँ-शाँ जैसे थे, पकड़ में नहीं आते थे।

यह नयी बन रही बस्ती शहर से आठ मील दूर थी, जिस के आस-पास अभी कोई मण्डी या बाज़ार नहीं बना था। शहर से इस बस्ती तक एक बस चलती थी, पर दिन-भर में शायद तीन बार। यह बस न मिलने पर आठ मील पैदल चलने के सिवा कोई चारा नहीं था।

इसी रास्ते पर एक दिन राज बख्शी ने मूर्ति को शहर से बस्ती की ओर आते हुए देखा। मूर्ति के दोनों हाथों में कुछ गठरियाँ, पोटलियाँ थी। राज बख्शी ने अपनी गाड़ी रोक ली।

"बस, दो मिनट का फरक पड़ गया, बस निकल गयी!" मूर्ति ने गाड़ी में गठरियाँ रखते हुए कहा, "चाय की पत्ती, चीनी और लटरम-शटरम लेने के लिए कभी-कभी शहर जाना पड़ता है।"

राज बख्शी ने गाड़ी को पहले से दूसरे, और दूसरे से तीसरे गियर में डालते हुए धीरे से कहा, "बहुत मेहनत करनी पड़ती है?"

संध्या समय को इठलाती हवा की भाँति मूर्ति हँस दी, बोली कुछ नहीं।

"मूर्ति! तुम्हारे बच्चे का बाप?" राज बख्शी के मुँह से अधूरा-सा वाक्य निकला जो उन्हें कुछ गलत-सा भी लगा। फिर उसी वाक्य को कुछ ठीक करते हुए उन्होंने कहा, "तुम्हारा आदमी वहीं फसादों के दिनों में…'

"हाँ, बलवाइयों ने मार दिया।"

अगली खामोशी में फिर उस दिन वाले मूर्ति के शब्द राज बख्शी के कानों में शाँ-शाँ करने लगे···

कुछ देर बाद कह सकें, "लोग अजीब-अजीब बातें करते हैं···"

"मेरी?" मूर्ति ने पूछा, पर आवाज में फिक्र जैसा कुछ नहीं था।

"वह दूसरी औरत?"

"उस का नाम रुक्मणी है—वह मेरी रुक्की बहन है।"

"यह बच्चा उस का है?"

"हाँ।"

"तुम्हारा नहीं?"

"मेरा भी।"

राज बख्शी हँस पड़े, "ज्यादा किसका है?"

"ज्यादा उस का है।" मूर्ति भी हँस-सी पड़ी।

राज बख्शी एक पल की खामोशी के बाद गम्भीर-से स्वर में कहने लगे, "असल में तुम दोनों में एक को औरत होना चाहिए था, एक को मर्द।"

"हाँ, पर तुम्हारी जगह यह ख़याल रब को आना चाहिए था!" मूर्ति ने कहा तो राज बख्शी ने कुछ चौंककर मूर्ति की ओर देखा। फिर कहने लगे, "तुम्हें मालूम है, लोग क्या कहते हैं?"

"क्या?"

"एक दिन मेरे ठेकेदार का मुंशी किसी से कह रहा था···"

"क्या?"

"कि तुम्हें··· फिर से ब्याह करने में कोई एतराज नहीं··· अगर··· " राज बख्शी इस 'अगर' के आगे कुछ नहीं कह सके।

मूर्ति ने ही कहा, "लोग ठीक कहते है, मैं ने ही कहा था—अगर कोई मेरे और रुक्की दोनों के साथ ब्याह करे मैं कर सकती हूँ।"

"अजीब शर्त है।"

"नहीं, अजीब नहीं हैं।" मूर्ति सामने खाली सड़क की ओर देखती रही, फिर कहने लगी, "साहब! अभी तुम ने कहा था—हम दोनों में, मुझ में और रुक्की में, एक को औरत होना चाहिए था, एक को मर्द, यह सच बात कही थी। मुझे रुक्की जैसा मर्द चाहिए था।"

"पर इस वक्त तो तुम उस के लिए काम करती हो, कमाती हो, मर्द की तरह··· "

"मैं ऐसे ही ठीक हूं।"

"पर वह बात?"

"आखिर मैं मर्द नहीं, मर्द की जगह हूँ, मर्द की तरह··· ।"

राज बख्शी ने सोचा नहीं था कि वे कभी मूर्ति से बातें करके इस तरह आश्चर्य में पड़ जायेंगे। वे हँस-से दिये। मानों हँसी से आश्चर्य को ढँक रहे हों।

मूर्ति ने ही कहा, "असल में मर्द न उसे मिला, न मुझे।"

"उस का आदमी भी फसादों के दिनों में··· ?"

"वही जिसे बलवाइयों ने मार दिया··· ।"

"मूर्ति!" राज बख्शी झड़ते हुए पत्तों टहनी की तरह खाली-खाली-से मूर्ति की ओर देखने लगे। फिर कहने लगे, "वह आदमी तुम्हारा भी, उस का भी··· ? यह बच्चा तुम्हारा ही उस का भी··· ?"

"हाँ, साहब !" मूर्ति हँस पड़ी, "रब एक बात पर चूक गया तो फिर चूकता ही गया।"

राज बख्शी ने गाड़ी की चाल को हल्का किया, कहा, "बस्ती आनेवाली है, मूर्ति ! अगर तुम्हें एतराज न हो, मैं यहाँ कुछ देर गाड़ी रोक दूँ।"

मूर्ति की खामोशी बख्शी साहब से ज्यादा मूर्ति को अजीब लगी; कहने लगी, "हाँ, साहब ! मैं ने सुना है, तुम अच्छे आदमी हो।"

"और क्या सुना है ?" राज बख्शी गाड़ी रोककर पूछने लगे।

"और··· और यह कि तुम्हारे कोई बच्चा नहीं है···"

"बच्चे की मां भी नहीं !" राज बख्शी हँसने लगे।

"हाँ, कोई भी नहीं।"

"कहाँ सुना था ?

"तुम्हारे ठेकेदार, चौकीदार—सब मेरे पास चाय पीने आते है।"

"वे ये बातें भी करते है ?"

"सिर्फ उस दिन कर रहे थे—जिस दिन तुम्हारे मकान की नींव रखी गयी थी। तुम ने उस दिन न हवन किया, न मोतीचूर के लड्डू बाँटे। वे सब लोग तुम्हारी इज्जत करते हैं···सिर्फ सोचते हैं—तुम्हारा कोई नहीं, इसलिए तुम्हें मकान की खुशी नहीं ··· "

राज बख्शी बहुत देर तक चुप रहे।

लगा—उन में और मूर्ति में बात करने वाली सड़क टूट गयी है।

पर यह सड़क शायद वह थी—जो राज बख्शी की अपनी ज़िन्दगी की ओर मुड़ती थी। वे उधर से पलटकर उस दूसरी सड़क की ओर देखने लगे, जो मूर्ति

की ज़िन्दगी की ओर जाती थी। कहने लगे, "अच्छा, मूर्ति! वह! दूसरी औरत रुक्की मर्द नहीं थीं, इसलिए तुम्हें किसी और से ब्याह करना पड़ा···"

"हाँ, साहब।" मूर्ति हँस-सी पड़ी, "उस की-मेरी किस्मत एक ही थी, इसलिए हमारा ब्याह भी एक ही जने के साथ हुआ और हमारा दोनों का बच्चा भी एक ही है।"

बाहर कुछ बूँदाबाँदी होने लगी थी। राज बख्शी ने धुँधले-से हो रहे विंडस्क्रीन की ओर देखा, वाइपर चलाया और कहने लगे, "दोनों का ब्याह तो एक आदमी के साथ हो सकता है, लेकिन बच्चा किस तरह ··· ?"

"तन और मन में कितना-सा फरक होता है, साहब? बस यह समझ लो—मन सिर्फ़ उस का था, मेरा नहीं था, मेरा सिर्फ तन था।"

शायद 'हूँ' जैसा कुछ राज बख्शी ने कहा, फिर कितनी ही देर चुप रहे।

अचानक बोले, "उस समय एक आदमी से ब्याह करना शायद कोई मजबूरी थी, या सिर्फ़ ज़रूरत थी, पर अब क्यों?"

"अब भी ज़रूरत है··· वह नहीं, पर ज़रूरत है।"

"वह ज़रूरत कैसी थी?"

"वह ज़रूरत सिर्फ पैसे की थी। वह आदमी बहुत अमीर था, उस के कई भट्ठे थे, और लोग कहते थे—उस के भट्ठों में मिट्ठी की ईंटें नहीं, सोने की ईंटें पकती है।"

"फिर?"

"उस की पहली औरत रुक्की थी। नहीं, पहली नहीं, पहली मर गयी थी—शायद उस ने उसे निकाल दिया था। मैं ने उसे नहीं देखा। पर सुना था कि वह सुन्दर नहीं थी, इसलिए···"

"सुन्दर नहीं थी, इसलिए मर गयी?" राज बख्शी ने हँसकर कहा।

"हाँ, साहब! किसी को दुत्कारते रहो, वह मरे जैसा हो जाता है, कभी मर भी जाता है··· "

"फिर?"

"फिर उस ने रुक्की से ब्याह कर लिया। रुक्की अपने दिनों में बहुत सुन्दर थी। पर कई बरस बीत गये··· "

"रुक्की के बच्चा नहीं हुआ?"

"हाँ, साहब! लोग कहते थे—भट्ठोंवाले को पहली का शाप लगा हुआ है। कहते थे, जब पहली मरी थी, उसे बच्चे की उम्मीद थी, पर इस आदमी ने एक दिन उसे इतना मारा कि वह भी और उस का बच्चा भी ··· "मूर्ति पुरानी बात याद करके अब भी काँप-सी गयी।

"सो, उस ने बच्चे की खातिर फिर तुम से ब्याह किया?"

"हाँ, साहब! बच्चे की खातिर। मेरे माँ-बाप से उस ने मुझे एक तरह से मोल खरीदा था।"

"और आखिर वह शाप टूट गया···।"

"नहीं··· हाँ···" मूर्ति की आवाज काँप गयी। फिर वह काँपती हुई आवाज को सँभालते हुए बोली, "पर, साहब तुम यह सब बात क्यों पूछ रहे हो? मैं तुम्हें यह सब कुछ···सब कुछ क्यों बताऊँ?"

राज बख्शी एकटक मूर्ति के मुँह की ओर देखते रहे। फिर कहने लगे, "मैं तुम्हें छः महीने से देख रहा हूँ, न जाने क्यों मैं यहाँ रोज सिर्फ़ मकान की खातिर नहीं आता···शायद···शायद··· " राज बख्शी का दाहिना हाथ खड़ी हुई गाड़ी के स्टीयरिंग व्हील पर था, उन्होंने बायाँ हाथ मूर्ति के कन्धे पर रखा, "मैं तुम्हारे साथ ब्याह कर सकता हूँ।"

"साहब! तुम?" मूर्ति के सवाल में जितनी हैरानी थी, आवाज में उतनी नहीं थी। फिर धीरे से कहने लगी—"अपने ऊपर ज़ोर होता है, पर सपनों पर

नहीं होता। मैं ने तीन बार सवेरे उठकर अपने-आपको झिड़का है··· मुझे तीन रात, साहब, तुम्हारा सपना आता रहा···"

"मुझे साहब नहीं, कुछ और कहा करो।"

मूर्ति चुप रही।

"अच्छा, यह बताओ—अगर मैं ऐसे सोचूँ तुम मेरे लिए भी वही शर्त लगाओगी?"

"वही रुक्कीवाली? हाँ।"

राज बख्शी ने मूर्ति के कन्धे से हाथ हटा लिया और उसे भी स्टीयरिंग व्हील पर रख लिया।

बाहर बूंदें तेज हो गयी थीं। विंड-स्क्रीन पर धुन्ध गहरी होती जाती थी। पर वाइपर पूरे ज़ोर से धुन्ध को पोंछता जा रहा था।

"साहब!··· 'बख्शी साहब! यह बात पक्की है कि जहाँ मैं रहूँगी, वहीं रुक्की ···। जिस हाल में मैं रहूँगी, उसी हाल में वह···" मूर्ति कह रही थी कि बख्शी साहब ने बात काटी, "इस से मुझे कोई इन्कार नहीं है। वह पूरे सुख में, पूरे आराम में रहेगी।"

मूर्ति हँस-सी पड़ी, "किस तरह?"

बख्शी साहब को मूर्ति का 'किस तरह' अर्थहीन-सा लगा, पर कहने लगे, "पूरी इज्जत के साथ, आराम के साथ, घर की माँ की तरह, बहन की तरह ···"

मूर्ति ने सामने विंड-स्क्रीन की ओर देखा। वाइपर चल रहा था। फिर भी हथेली से उस की धुन्ध को पोंछते हुए बोली, "बस यही बात है, बख्शी साहब! तुम चाहे कितने ही अमीर हो, वह घर में माँ की तरह रहेगी तो माँ नहीं होगी, सिर्फ़ माँ की तरह होगी। बहन नहीं होगी। बहन की तरह होगी। यह 'तरह' बहुत दिन नहीं चलती।"

राज बख्शी को लगा—इस वक्त शायद मूर्ति के कन्धे को उन के हाथ की ज़रूरत नहीं थी। लेकिन उन के हाथ को मूर्ति के कन्धे की ज़रूरत थी। उन्होंने बायाँ हाथ, कुछ काँपता-सा, मूर्ति के कन्धे पर रख दिया।

मूर्ति कहने लगी, "पर जब कोई औरत किसी की बीवी होती है, वह बीवी होती है, बीवी की तरह नहीं होती।"

"हाँ, मूर्ति!" राज बख्शी ने दलील मान ली, पर कहा, "तुम्हें ज़िन्दगी में पहली बार भी जो कुछ मिला, उस के साथ बाँटना पड़ा, अब दूसरी बार तुम जान-बूझकर…।"

"यह किसी भी औरत के लिए स्वाभाविक नहीं होता, नहीं न?"

"नहीं।"

"पर उस ने जो कुछ मेरे साथ बाँटा है, वह भी स्वाभाविक नहीं था…।"

"वह मजबूरी थी।"

"सौतन कहलानेवाली औरत जो कुछ बाँटती है, मैं उस की बात नहीं करती…।"

"फिर?"

मूर्ति कितनी ही देर चुप रही जैसे कुछ बताने या न बताने का अपने साथ फैसला कर रही हो। फिर एक बार उस ने एक गहरी निगाह से बख्शी साहब के मुँह की ओर देखा। लगा—उन के मुँह पर कुछ ऐसा सच था जो उस ने पहले कभी किसी मर्द के मुँह पर नहीं देखा था। सोच लिया कि उस का अपना सच चाहे कैसा ही था, पर सच के बदले में सिर्फ़ सच देना है।

कहने लगी—"मेरे लिये भट्ठोंवाले की माँग बहुत दिनों से थी। माँ-बाप गरीब थे, पर इतने नहीं कि मुझे बेचे बिना उन का काम न चलता। जो जवान लड़का मुझे अच्छा लगता था, उस ने मुझ से ब्याह करने का इकरार कर रखा था। गरीब था, पर जवान था…।" मूर्ति ने कड़वी-सी हँसी का एक घूँट पिया, फिर कहने लगी—"उस से ही मुझे दिन चढ़ गये थे…"

राज बख्शी चुप थे, मूर्ति भी चुप-सी हो गयी। फिर कहने लगी, "यह हमारी औरतों की जबान समझ गये हो न?"

राज बख्शी ने 'हाँ' में सिर हिलाया। मूर्ति कहने लगी, "पर जब उसे पता चला, वह ब्याह करने से मुकर गया। सो, किसी मर्द का बदला किसी मर्द से लेने के लिए मैं ने माँ-बाप से कह दिया कि मैं भट्ठोंवाले से ब्याह करूँगी।"

"सो यह बच्चा···"

"यह भट्ठोंवाले का नहीं है। तुम ने कहा था—आखिर उस का शाप टूट गया, तो मेरे मुँह से निकला था—'नहीं।' फिर 'हाँ' भी कहा था, पर पहले सच ही मुँह से निकला था···"

"इस बात का रुक्की को पता है?"

"सिर्फ़ उसे ही पता है, और किसी को नहीं।"

"पर उस ने···।" राज बख्शी सोचने लगे कि रुक्की का उस समय मूर्ति से जो रिश्ता था, उस का मूर्ति को हर तरह से बचाये रखना सचमुच स्वाभाविक नहीं था।

मूर्ति कह रही थीं, "इस बच्चे को मैं ने मन की पूरी नफ़रत के साथ जनमा था, पर रुक्की ने मन के पूरे प्यार से इसे पाला है। उस समय तक रुक्की को कुछ पता नहीं था। वह भीतर से अच्छे मन की है—वह अपने तन की हसरत मेरे तन में से··· " मूर्ति की आवाज बाहर दूर तक बरसती हुई बूँदों में जैसे भीग गयी।

"फिर?"

"फिर वह कमीना—जिस का यह बच्चा था, और भी कमीनेपन पर उतर आया। मुझे धमकाकर उस ने दो बार मुझ से पाँच-पाँच सौ रुपये लिये। मैनें तंग आकर सोचा कि मैं भी मर जाऊँ और उस के बच्चे को भी जीता न रहने दूँ। उस की फिर धमकी आयी थी, मैं पागल-सी हो गयी थी—एक दिन बच्चे को उठाया, आधी रात के वक्त, और बाहर कुएँ की ओर चल दी। बच्चा रुक्की के

पास सोया करता था, मैं ने उसे सोते हुए उठाया था, सो रुक्की जाग गयी थी। मुझे तब पता चला जब वह भी मेरे पीछे-पीछे कुँए की ओर दौड़ती हुई आयी। वहाँ मैं ने अपने मुँह से सब कुछ बता दिया··· पर वह, अपने बाप की बेटी, मुझे अपने गले से लगाकर वापस लौटा लायी···"

"उस ने उस आदमी को कुछ नहीं बताया?··· उस भट्ठोंवाले को?" राज बख्शी हैरान थे।

"बिलकुल नहीं। उसे सचमुच ही बच्चे से मोह हो गया था··· सिर्फ़ इतना ही नहीं, उस ने सब की चोरी से उसे बुला भेजा जो मुझे आये दिन धमकाता था। उस से कहने लगी कि भट्ठोंवाले को सब कुछ मालूम है, सो धमकी का कोई फायदा नहीं हैं उलटे भट्ठोंवाले ने उसे मरवाने का बन्दोबस्त किया हुआ है—सो अगर वह जान की सलामती चाहता है तो फिर कभी इस गाँव से न गुजरे··· ।"

राज बख्शी की आँखों में पानी-सा भर आया। उन्होंने झुग्गी के हल्के अँधेरे में बैठी हुई रुक्की को दूर से देखा हुआ था, पर आँखों में उस की पहचान नहीं थी। उन्होंने मूर्ति की ओर देखा—लगा, मूर्ति के मुंह पर जो एक लौ है वह केवल उस की जवानी की नहीं है, वह उस रुक्की की भी है—जिसे उन्होंने देखा नहीं था। मूर्ति कह रही थी, "यह बच्चा तो सचमुच में उस का है, मेरा तो यूँ ही एक बहाना है··· ।"

राज बख्शी की हथेली मूर्ति के कन्धे पर बस-सी गयी। मूर्ति कहने लगी, "मुझे पता है मेरी उम्र छोटी है, इसलिए सब मेरी तरफ ताकते हैं, पर अब जो हक उसे नहीं मिलेगा, मैं भी नहीं लूँगी··· ।"

राज बख्शी बहुत देर तक चुप रहे। फिर हथेली से मूर्ति का मुँह अपनी ओर मोड़कर अपने सामने करके कहने लगे, "तुम्हें भी जिन्दगी का एक कर्ज़ चुकाना है···मुझे भी ज़िन्दगी का एक कर्ज़ चुकाना है··· ।" मूर्ति चुप पूरे ध्यान से उन की ओर देखती रही। राज बख्शी एक गहरा सांस लेकर कहने लगे, "मुझे अपने सगे भाई का कर्ज़ चुकाना है···मेरी भाभी ने—मुझे अच्छी तरह होश भी नहीं था—जब मेरे साथ सम्बन्ध जोड़ लिया था···मैं बहुत अनजान था, कुछ नहीं समझा था··· बस, शरीर जलता रहा, और मैं दिन-दिन बुझता रहा···"

मूर्ति जाने समझ सकी या नहीं, राज बख्शी ने ध्यान से उस की ओर देखा,

फिर कहा, "उस का जिस साल ब्याह हुआ था, उसे उसी साल कोई रोग हो गया था··· यह बात मुझे बरसों बाद मालूम हुई, पर उसे तब से ही यह पता था और उस ने बच्चे की आस छोड़ दी थी··· बहुत छोटे घर से आयी थी··· सब कुछ अपने पास रखने के लिए सोचती थी कि मैं भी उस के बस में रहूँ··· मैं कई बरस तक एक रुकी हई घड़ी में वक्त देखता रहा··· मैं ने समझा नहीं··· भाई का दुख भी देखा, लेकिन मैं ने समझा नहीं··· मुझे अपने भाई का बहुत बड़ा कर्ज़ चुकाना है, मूर्ति !"

मूर्ति—जो रोज़ काँसे की मूर्ति के समान दिखायी देती थी—हाड़-माँस की औरत की तरह कांप उठी।

राज बख्शी कह रहे थे, "अब उस से कोई वास्ता नहीं है, पर मेरे भाई का शक उसी तरह है··· मैं बीते हुए बरस लौटाकर नहीं दे सकता··· पर आगे से···।"

"आगे से ?" मर्ति के होंठ धीरे से हिले।

मेंह की बौछार से चारों ओर धुन्ध फैली हुई थी। राज बख्शी गाड़ी के अन्दरवाले हल्के-से उजाले में मूर्ति के मुँह की ओर देखते रहे, फिर कहने लगे, "आओ, मूर्ति ! हम अपने-अपने कर्ज़ उतार दें।"

"तुम··· " मूर्ति उनकी ओर देखकर कुछ हैरान-सी अपनी ओर देखने लगी, जैसे अपने आप को उनकी आँखों से देख रही हो···

राज बख्शी ने 'हाँ' में सिर हिलाया।

मूर्ति को शायद अभी इस 'हाँ' की एक बार और ज़रूरत थी, मुँह से निकला, "और रूक्की भी ··· ?"

राज बख्शी ने मूर्ति के माथे के पास सिर झुकाकर उसके माथे को ऐसे चूमा कि मूर्ति को लगा—उन की 'हाँ' उस के विश्वास जितनी हो गयी थी।

मेरी कहानी "घूंघट उठाई" के मुख्य पात्र हरबंस सिंह जी हैं। जिन दिनों वह यू० एस० आई० एस० में काम करते थे, इस कहानी की पृष्ठभूमि उन्होंने मुझे टेलिफोन पर सुनाई थी।

मलिका एलिज़बेथ का नाम उन्होंने निस्संकोच ले लिया,बाकी कलाकारों के नाम भी, लेकिन वह मेरा नाम लेते हुए झिझक गए , कहा—"एक और नाम है,सब से पहला, पर कैसे लूं?"

उनका संकोच मुझे अच्छा लगा, और अपनी कहानी में जहां मैंने और नाम लिखे—लता मंगेशकर (संगीत की प्रतीक) इन्द्राणी रहमान (नृत्य कला की प्रतीक) अमृता शेर गिल (चित्र कला की प्रतीक) वहाँ मैंने अपना नाम भी लिख दिया, जिसे लेने में वह झिझक रहे थे···

प्रश्न पात्र के मन की गहराई में उतरने का था। और उसी का तकाजा था कि मैं अपने नाम को एक दर्शक की तरह देख सकूँ···

सिर्फ एक नाम था—मालिक एलिज़बेथ का जो मैने कहानी में इस्तेमाल नहीं किया, लगा—कि वह नाम सत्ता से जुड़ता है, कला से नहीं। बाकी नाम कला के प्रतीक थे। कहानी प्रकाशित हुई, तो हरबंससिंह जी ने मेरी सबसे पहली किताब 'अमृता लहरां' का हवाला देते हुए लिखा—

"सपनों की दुनियां में जिस लड़की को सबसे पहले मैंने मन में बसाया था, वह थी, 'अमृता लहरां' की लेखिता। पुस्तक में छपे चित्र वाली वह लड़की बहुत सुन्दर थी···

'मैं भी अपने को कम नहीं समझता था। स्कूल में कई लड़के मुझे 'गोरा' कहा करते थे। पढ़ाई में भी बरसों से पहला या दूसरा स्थान पा रहा था। खास कर अंग्रेजी और गणित में। मैंने अपने नाम के साथ उपनाम भी लगाया था, दादा जी के गांव बेवत में एक भरी सभा में कविता सुना कर इनाम भी ले चुका था, इस लिए आत्म विश्वास की कमी नहीं थी। फिर सपनों की दुनिया बसाने में कौन

सी किसी से आज्ञा-अनुमति लेनी पड़ती है। मैं उम्मीद लिए रहा कि किसी न किसी दिन अमृता से मिलूंगा···

"फिर जब पता चला कि उसका ब्याह हो गया है, तब मैंने अपने ब्याह के लिए एक दूसरी लड़की चुन ली, जिसका चित्र मैंने अखबार में देखा था घोड़े पर सवार, वह लड़की अब ब्रतानिया की महारानी है—एलिज़बेथ··· कहीं पढ़ा था कि दहेज में सल्तनत देने लेने की प्रथा एलिज़बेथ परिवार में थी। और ब्रतानिया का राज प्राप्त करके मैं शायद सारे गुलाम देशों को आजाद कर सकता था। अंग्रेजी की फिल्म देखने की आदत इसी लिए पड़ी थी कि फिल्म के खत्म होने पर 'गॉड सेव द क्वीन' की बजती धुन के साथ वह रील भी दिखाई जाती थी, जिसमें मैं एलिज़बेथ को देख सकता था···

"अमृता की रचनाएं मैं सदा मोह से पड़ता रहा। अच्छी लिखी रचना पढ़ कर मुझे खुशी होती थी। जब कोई रचना पूरी पसंद नहीं आती थी, तो दुख होता था। जब किसी जगह अमृता की तारीफ पढ़ता, तो खुश हो जाता पर निंदा सुनता तो बहुत दुखी होता। कई दोस्तों से अमृता के कारण लड़ाइयां लड़ीं। वे जरूर सोचते होंगे कि यह लड़ता क्यों है ?

"जब पता चला कि अमृता इमरोज से मुहब्बत करती है, और इमरोज भी मेरी तरह 1926 में लायलपुर के एक 'चक' में पैदा हुआ था (मैं चक नं. 87 में, और वह चक नं 36 में) तो एक बार यह भी सोच गया—अगर वह पैदा ही न हुआ होता···

"जब पहली बार अमृता से मुलाकात हुई, तो मेरा सपना बीस बरस का हो चुका था। वह नहीं जान सकी कि उस दिन मैं क्या महसूस कर रहा था। और उस दिन मैनें हठ पकड़ लिया कि आप मुझे अपने काव्य-संग्रह कस्तूरी की सारी कविताएं पढ़ कर सुनाएं ! वह कुछ घंटे एक सपने को जीने के घंटे में···

"अपने मन में मैंने अमृता को उसी दिन डाक्टरेट दे दी थी-दिल्ली थी—दिल्ली विश्वविद्यालय ने तो कई साल बाद में दी।

"अब फ्रायड के अनुसार नहीं, अपनी बुद्धि के अनुसार जब मैं इस सपने का

विश्लेषण करता हूँ तो यही समझ पाता हूँ कि अमृत साहित्य की प्रतीक है।

"इसी तरह मैंने प्यार किया है—दूसरी कलाओं से, सभी नाम कलाओं के प्रतीक है—किसी को प्यार दिया है दोस्ती का, किसी को भाई का सा। मैं कलाकार का प्रेमी हूँ, दोस्त हूँ, भाई हूँ···।"

हरबंस सिंह नूर

"यह कहानी उस यथार्थ की जमीन पर खड़ी है, जहां ज़िन्दगी हरबंससिंह नूर में कुछ भी अदलता-बदलता नहीं, पर कुछ प्रतीक इतने समान हो जाते हैं कि परछाइयां बन कर बरसों बरसों इन्सान के साथ चलते रहते हैं···।

घूंघट उठाई

यह दुनिया की सबसे बड़ी कहानी भी है, सबसे छोटी भी···

बख्शे के पिता की गांव में अस्सी किल्ले जमीन थी, पर न जाने क्यों बख्शे का धरती से संबंध टूटता जा रहा था। वह गाँव के बराबर से बहने वाली नहर के किनारे हर रोज शाम पड़े से लेकर रात में देर तक बैठा रहता था और दूर कस्बे

की बिजलियों को बड़े ध्यान से देखता रहता था। गांव कुछ ऊंचाई पर बसा हुआ था, इसलिए कस्बा कुछ ऐसे दिखाई देता था जैसे अंधेरे के तालाब में एक टिमटिमाता हुआ दीया जल रहा हो। और वह यह भी जानता था कि कस्बे से भी आगे कहीं एक बहुत बड़ा शहर है—जगमग करता हुआ।

यह रोशनी बहुत दूर थी, पर जैसे ही शाम पड़ती थी, उसे लगता था यह रोशनी उसे बुला रही है···

और एक दिन उसने मिट्टी से नाता तोड़कर पैरों को धो-पोंछ लिया, और पांवों में जूती पहन ली। और अपने गुस्से हो रहे माता-पिता से कुछ रुपए लेकर शहर का रास्ता पकड़ लिया···

और फिर उसने बख्शे से मिस्टर बख्शी होने का एक लम्बा फ़ासला तय कर लिया···

अब वह दिल्ली शहर के सबसे बड़े दफ्तर सेक्रेटेरियट में नौकरी करता था···

दफ्तर में उसकी हस्ती एक छोटे-से क्लर्क की थी, पर लाल पत्थर की इस इमारत के दरवाजे में प्रवेश करते समय रोज उसके पांव धरती से ऊपर हो जाते थे···

वह कोट-पैंट पहने बहुत गंभीर चाल से दफ्तर में दाखिल होता था, किन्तु उसके अन्तर में छिपकर बैठा हुआ बख्शी रोज एक बार तहमद को संभालकर और ऐड़ियां उठाकर उस दफ्तर की ऊंची इमारत को देख लेता था···

अब शहर में उसके कई लोग परिचित थे, अपने ही दफ्तर-के क्लर्कों की बस्ती वाले, पर गांव के ऊंचे कुएं वालों के 'करमे' जैसा, या घोड़ों वाले सरदारों के बेटे 'जागीरे' जैसा आड़ी कोई नहीं था। इसलिए अब अपना साथी वह सिर्फ आप था···

एक बार उसने न जाने किस तरंग में दफ्तर के एक क्लर्क से कह लिया, 'यह दिल्ली बड़ी अजीब है, यहां तंग गलियां भी हैं, यहां शाही महलों जैसे मकान

भी हैं, फूलों से लदे हुए बाग भी और बड़े खंडहर भी···' और साथ ही यह भी कह दिया, 'कभी-कभी मुझे लगता है जैसे मैं दिल्ली हूँ···यह दिल्ली मानो मेरे अन्दर हो···।'

और उसके इस क्लर्क साथी ने यह बात एक दूसरे क्लर्क साथी से कह दी थी और दूसरे ने तीसरे से और क्लर्कों की टोली उसे 'मिस्टर दिल्ली' कहकर पुकारने लगी थी···और फिर उसने किसी से भी बात तक करना छोड़ दिया था।

अब वह केवल अपने साथ बातें करता था—अधिकतर वे जो उसकी समझ में नहीं आती थी···

अब एक यह बात भी उसकी समझ में नहीं आती थी कि जब वह नंगे पांव खेत जोतता था तो वह धरती से ऊपर को होकर आसमान की ओर देखा करता था—और अब जब पांवों में मोजा और बूट पहनकर उसने मिट्टी से पांवों का संबंध तोड़ लिया है—तो ऐसा क्यों लगता है कि उसके पांवों के नीचे धरती है ही नहीं और वह एक शून्य में खड़ा हुआ है।

कई बरस हुए बड़े गांव के स्कूल में पड़ी हुई कुर्सियों ने उसे आकर्षित किया था, पर वह दस कक्षाएं पास करके अब जब एक दफ्तर की कुर्सी पर बैठ गया है, तो कुर्सियों का मोह कहां चला गया है···

और उसे लगता कि गांव से जो बख्शी उसके साथ आया था, वह अब उसे शहर में अकेला छोड़कर कहीं चला गया है···और वह सोचता—वही बख्शी तो शहर को अचंभे से देखा करता था···नहीं तो शहर में देखने योग्य क्या है ··· रोज़ घड़ी की सुई की भांति घूमकर फिर वक्त वहीं का वहीं आ जाता है। वह रोज़ सवेरे दफ्तर के छोटे-से कमरे में बैठ जाता है, और रोज़ रात को एक क्वार्टर के छोटे-से कमरे में सो जाता है ···

और उसकी समझ में नहीं आता था कि गाँव में जब वह पशु-डंगरों के लिए चारा कतरता था तो उसकी आँखों के आगे किताबों के कागज क्यों फैल जाते थे, और अब जब उसके आगे दफ्तर की फाइलों के कागज ही कागज फैले हुए होते हैं तो उसकी आँखें कागजों पर टिकती क्यों नहीं···

और अपने आप से बातें कर-करके उसने सोचा कि फाइलों के कागज किताबों जैसे नहीं होते··· और वह पढ़ाई की अगली डिग्री लेने के लिए रात के कॉलेज में पढ़ने लगा··· और साथ ही अपना ज्ञान बढ़ाने के लिए लाइब्रेरी की किताबें भी पढ़ने लगा···

इन किताबों में उसने एक दिन शेरो-शायरी की किताब पढ़ी और उसे लगा जैसे उसके पांवों के नीचे एक धरती आ गई हो···

कोई आधी रात का समय था, उसे लगा—दूर कहीं शेरो-शायरी का एक शहर था और उसकी टिमटिमाती हुई बत्तियां उसे बुला रही थी···

न जाने कितने दिन, कितने मील, वह उन बत्तियों की सीध में चलता रहा। और फिर एक रात को शेरो-शायरी की एक किताब पढ़ते हुए उसने देखा कि वह किताब एक लड़की ने लिखी थी, किताब में उसका चित्र भी था, और उसका नाम भी लिखा हुआ था—अमृता प्रीतम।

उसके शरीर का रोम-रोम सिहर गया। उसे जवानी चढ़ी थी जब वह गांव में था, पर गांव की किसी भी गन्ने की पोरी जैसी लड़की ने उसके शरीर में सिहरन नहीं छेड़ी थी, और फिर शहर आकर जब रंग-बिरंगी तितलियों जैसी लड़कियां देखी तो थीं किसी तितली जैसी लड़की ने भी उसके शरीर में चिनगारी नहीं जगाई थी और वह चकित होकर इस किताब वाली लड़की को देखने लगा···

और जीवन में पहली बार उसका तन और मन किसी लड़की के लिए प्यासा-सा हो गया, और वह तमाम रात कभी मेंहदी घोलकर किताब वाली लड़की के हाथों पर लगाता रहा, कभी सितारों वाली चुनरी उसके चेहरे से हटाता रहा···

और फिर अगले दिन सवेरे, उसे लगता रहा जैसे वह लड़की उसकी चारपाई पर से उठकर कमरे के बाहर चली गई हो और उसकी कविता की पंक्तियां अभी भी उसकी चारपाई पर पड़ी हुई हों ···

और फिर बहुत दिन अपना सवेरे का उठना, चाय पीना, दफ्तर जाना, तन्दूर पर खाना खाना और फिर रात के कॉलेज में पढ़ने जाना—सब कुछ एक कविता की पंक्तियों के समान प्रतीत होता रहा, एक लय में बंधा हुआ···

और फिर अचानक जैसे ऋतु बदलती है, उसके चारों तरफ़ एक शून्य छा गया, उस पर उसकी अपनी ख़ामोशी का ही एक कोहरा पड़ने लगा, और उसे प्रतीत होने लगा कि वह इस ख़ामोशी में जम जाएगा...

उसने तड़पकर अपनी चेतना को हिलाना चाहा और फिर अचानक उसके कानों में ख़ामोशी को चीरता हुई एक आवाज़ आयी—उसके नए खरीदे हुए रिकार्ड-प्लेयर पर लता मंगेशकर गा रही थी...

ख़ामोशी के खड्ड में गिरे हुए उसे जैसे किसी ने कोयल की कूक जैसी आवाज़ से पुकारा हो...

उसने जल्दी से उठकर रिकार्ड के आख़िरी सिरे पर पहुंची हुई सुई को फिर शुरू में रख दिया, और रिकार्ड के कवर पर छपी हुई लता मंगेशकर की तस्वीर देखने लगा...और उस पर फिर वही आलम छा गया। उसके शरीर में वही गर्म-सी लहर दौड़ने लगी और वह तमाम रात लता मंगेशकर की उंगली में सोने की अंगूठी पहनाकर उसके मुंह की ओर ताकता रहा—और लता मंगेशकर ज़री के पल्ले की साड़ी पहने तमाम रात... उसकी चारपाई पर गाती रही...

वह रात, और फिर कई रातें, लता मंगेशकर की आवाज़ में डूबी रहीं...

और फिर वह खुद न जाने किस तरह उन आवाज़ों से भी गहरे, मानो ख़ामोशी के तालाब में डूब गया हो...

और फिर एक दिन सवेरे के समय की बात है—उसने अख़बार में छपी हुई एक परी जैसी लड़की की तस्वीर देखी और ख़बर पढ़ी कि हिन्दुस्तान की यह नर्तकी मिस इंडिया चुनी गयी है। और फिर उसकी आंखें तस्वीर की आंखों के समान हो गयीं, जो झपकती ही नहीं थी। और उसने मुश्किल से कहीं उसका नाम पढ़ा इन्द्राणी रहमान! और फिर उसे कानों में पड़ती हुई घुंघरुओं की छनक के साथ तमाम रात अपने विवाह के गीत सुनाई देते रहे...उसने जो घर के खद्दर का कुरता पहना हुआ था वह सफ़ेद सिल्क का हो गया। और वह तमाम रात इन्द्राणी रहमान के लिए सच्चे मोतियों के हार खरीदता रहा...

उसने कहीं से यह भी पढ़ लिया, और सुना भी, कि इन्द्राणी आधी बंगालिन

है, और फिर उसे हर रोज़ रात को एक-एक गज़ लम्बे बालों वाली इन्द्राणी से गोले की गमक आती रही···

एक दिन सवेरे उसके कमरे के फर्श पर पड़ा हुआ रोड़ा-सा उसके पैरों में अटका तो उसे लगा कि इन्द्राणी के पैरों का एक घुंघरू रात को फर्श पर गिर गया है···

अख़बार जैसे मौसम का हाल बताते हैं, वह कई खबरें बताकर भी ऋतुओं को बदल देते हैं। कुछ दिन बाद उसने अखबार में पढ़ा कि इन्द्राणी रहमान यूरोप चली गयी है।

और ऋतु का जादू टूट गया···

फिर वह बिलकुल एक शून्य में रह गया—जैसे न पैरों नीचे कोई जमीन हो, और न सिर के ऊपर कोई आसमान···

और फिर एक दिन शाम को पवन की तरह भटकता हुआ वह जयपुर हाउस की आर्ट गैलरी में चला गया···

वहां रंगों की एक दुनिया थी—जो दीवारों पर बसी हुई थी···बहुत चेहरे थे, खामोश और उदास, पर उसे लगा जैसे वह उनसे बातें कर सकता हो, और वहां घंटों उनके पास बैठ सकता हो···

और फिर एक चेहरे के सामने आकर वह इस तरह खड़ा हो गया जैसे उसे सारी उम्र वही खड़े रहना हो···

फिर गैलरी के बन्द होने का समय हो गया। कुछ कमरों के दरवाजे बन्द भी हो गए और गैलरी का चौकीदार उसके जाने की प्रतीक्षा करता हुआ उसके पास आकर खड़ा हो गया, और कुछ मिनटों की खामोशी के बाद उसने कहा, 'साहब! कल फिर आ जाना, गैलरी के बन्द होने का वक्त हो चुका है···'

उसे जैसे किसी ने खामोशी की कब्र से निकाल लिया हो। उसने पूछा, "यह तस्वीर किसकी है?"

गैलरी का चौकीदार चकित हो गया, पर कहने लगा, 'यह उसकी अपनी तसवीर है जिसने सब तसवीरें बनायी है···आप नहीं जानते?···यह हिन्दुस्तान की सबसे बड़ी पेंटर है—अमृता शेरगिल!'

और आज बहुत समय के बाद बख्शी के मन का आलम फिर वही होने लगा जो कभी पहले इन्द्राणी रहमान के खयाल से हुआ था, लता मंगेशकर के खयाल से हुआ था, अमृता प्रीतम के खयाल से हुआ था··· उसके कानों में अचानक शहनाई की आवाज आने लगी···

और फिर एकाएक उसके कानों में कब्रों की-सी खामोशी छा गयी। गैलरी का चौकीदार कह रहा था, 'बहुत बरस हुए अमृता शेरगिल मर गयी···बहुत जवानी में मर गयी··· अगर जीती होती··· '

बख्शी का तन जैसे अलोप हो गया, केवल शून्य में भटकता हुआ मन रह गया—'मैं इस दुनिया में इतने बरस देर से क्यों आया हूं···बहुत देर हो गयी···मैं खाली दुनिया में किस तरह आ गया···'

और फिर बख्शी के दिन और महीने ऐसे गुज़रने लगे जैसे वह केवल एक रूह हो, और उसकी रूह अपना शरीर खोज रही हो···

बख्शी ने रात के कॉलेज से बी.ए. की डिग्री ले ली थी, अब एम.ए. की डिग्री भी ले ली—तो एक दिन अपने आपसे बातें करते हुए उसने अपने आपसे कहा, 'शायद एक शायर होना मेरा सपना था और उसका स्वरूप मैंने अमृता से अपना ब्याह सोच लिया···शायद मैं सुरों का ज्ञान प्राप्त करना चाहता था···इसीलिए लता की उंगलियों में ब्याह की अंगूठी पहनाता रहा··· शायद नृत्यकला मेरे विचारों में थी—और मैं इन्द्राणी के गले में शगुन का हार पहनाता रहा··· और शायद चित्रकला मुझे अपनी ओर आकृष्ट करती रही इसलिए अमृता शेरगिल से···'

और उस दिन बख्शी अपने दफ्तर की कुर्सी पर इस तरह बैठा रहा जैसे कोई मल्लाह सारी नावों को पानी में छोड़कर किनारे पर बैठ गया हो···

"मैं कुछ भी नहीं बन सका—सिर्फ़ एक क्लर्क··· " और बख्शी की मेज़ पर पड़ी हुई फ़ाइलों के सारे कागज जैसे हवा में उड़ने लगे···

फिर गांव से एक पत्र आया जिसमें मां और पिता की मिन्नत भी थी और हुकम भी भरा हुआ था और बख्शी हारे हुए हाथों से अपने दफ्तर में इस्तीफा देकर अपने गांव चला गया।

और फिर जैसे उसके माता-पिता ने कहा, बख्शी ने उनके कहे के आगे अपना झुका हुआ सिर और झुका दिया। उन्होंने खेतों की हल जुताई उसके हाथ में थमाई और ऊंचे गांव वाले साहूकारों के घर की डोली लाकर लाल शालू में लपेटी हुई एक लड़की उसकी कोठरी में बिठा दी···

यह पहली रात थी—मां ने लोहे के सन्दूक में संभालकर रखी हुई सोने की पांच मुहरें निकालकर उसके हाथ में दीं—लड़की मुंह-दिखाई के लिए।

और उसने पांच में से एक मुहर मां को लौटाते हुए चार मुहरें अपनी मुट्ठी में दबा लीं। और भीतर कोठरी में सुतली के पलंग पर गुच्छा बनी बैठी हुई एक लड़की के पास खड़े हुए उसे लगा—जैसे यह चार मुहरें, सपनों की चार दुलहनें, आज वह एक हकीकत की घूंघट उठाई दे रहा हो।

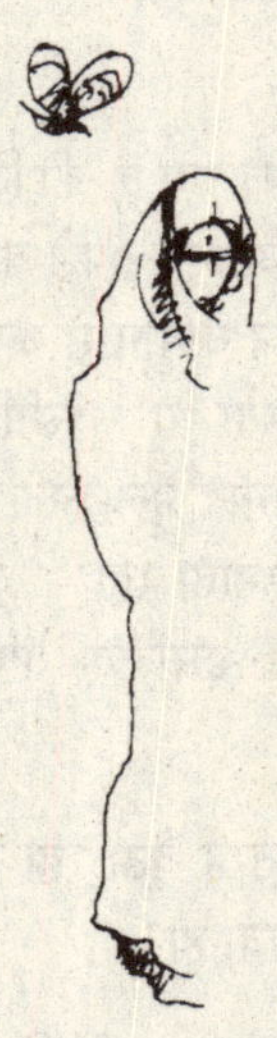

अन्तर्व्यथा

जिसके मन की पीड़ा को लेकर मैंने कहानी लिखी थी—"नीचे के कपड़े" उसका नाम भूल गई हूं। कहानी में सही नाम लिखना नहीं था, और उससे एक बार ही मुलाकात हुई थी, इसलिए नाम भी याद से उतर गया है···

जब वह मिलने के लिए आई थी, बीमार थी। खूबसूरत थी, पर रंग और मन उतरा हुआ था। वह एक ही विश्वास को लेकर आई थी कि मैं उसके हालात पर एक कहानी लिख दूं···

मैंने पूछा—इस से क्या होगा?

कहने लगी—जहां वह चिटठियां पड़ी हैं जो मैं अपने हाथों से फाड़ नहीं सकती, उन्ही चिट्ठियों में वह कहानी रख दूंगी··· मुझे लगता है, मैं बहुत दिन जिन्दा नहीं रहूंगी, और बाद में जब उन चिट्ठियों से कोई कुछ जान पाएगा, तो मुझे वह नहीं समझेगा, जो मैं हूँ। आप कहानी लिखेंगी तो वहीं रख दूंगी। हो सकता है, उसकी मदद से कोई मुझे समझ ले मेरी पीड़ा को संभाल ले। मुझे और किसी का कुछ फिक्र नहीं है, पर मेरा एक बेटा है, अभी छोटा है, वह बड़ा होगा तो सोचती हूं कि बस वह मुझे गलत न समझे···

उसकी जिन्दगी के हालात सचमुच उलझे हुए थे, और मेरी पकड़ में नहीं आ रहा था कि मैं उन्हें कैसे समेट पाऊंगी। लिखने का वादा तो नहीं किया पर कहा—कोशिश करूंगी···

मैं बहुत दिन वह कहानी नहीं लिख पाई। सिर्फ एक अहसास सा बना रहा कि उसका बच्चा मेरे जेहन में बड़ा हो रहा है। इतना बड़ा कि अब बहुत सी चीज़ें उसके हाथ लगती हैं, तो वह हैरान उन्हें देखे जा रहा है···

कहानी प्रकाशित हुई, और बहुत दिन गुजर गए। मैं नहीं जान पाई कि उसके हाथों तक पहुँची या नहीं। सब वक्त के सहारे छोड़ दिया। उसका कोई अता-पता मेरे पास नहीं था···

एक अरसा गुज़र गया था, जब एक दिन एक फोन आया, दिल्ली से नहीं था, कहीं बाहर से था। आवाज थी—"आपका बहुत शुक्रिया! मैंने कहानी वहीं रख दी है, जहां चाहती थी⋯ "

इतने भर लफ़्ज़ों से कुछ पकड़ में नहीं आया था, इस लिए पूछा—आप कौन बोल रही हैं? कौन सी कहानी?

जवाब में बस इतनी आवाज थी—बहुत दूर से बोल रही हूँ, वही जिसकी कहानी आपने लिखी है—'नीचे के कपड़े'⋯ और फोन कट गया⋯

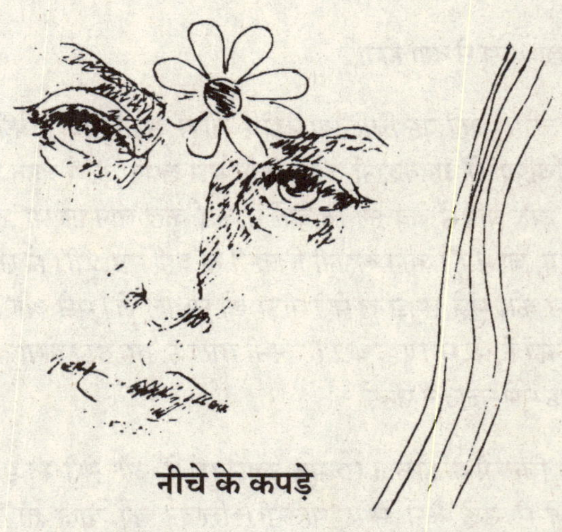

नीचे के कपड़े

अचानक मेरे सामने कई लोग आकर खड़े हो गए हैं, जिन्होंने कमर से नीचे कोई कपड़ा नहीं पहना हुआ है।

पता नहीं मैंने कहां पढ़ा था कि खानाबदोश औरतें अपनी कमर से अपनी घघरी कभी नहीं उतारती हैं। मैली घघरी को बदलनी हो तो सिर की ओर से नई घघरी पहनकर अन्दर से मैली घघरी उतार देती हैं और जब किसी खानाबदोश औरत की मृत्यु हो जाती है तो उसके शरीर को स्नान कराते समय भी उसकी नीचे की घघरी सलामत रखी जाती है। कहते हैं, उन्होंने अपनी कमर पर पड़ी नेफ़े की लकीर में अपनी मुहब्बत का राज़ खुदा की मखलूक़ से छिपाकर रखा

होता है। वहां वे अपनी पसन्द के मर्द का नाम गुदवाकर रखती हैं, जिसे खुदा की आंख के सिवा कोई नहीं देख सकता।

और शायद यही रिवाज मर्दों के तहमदों के बारे में होता होगा।

लेकिन ऐसे नाम गोदने वाला ज़रूर एक बार औरतों और मर्दों की कमर की लकीर देखता होगा। उसे शायद एक पल के लिए खुदा की आँख नसीब हो जाती है, क्योंकि वह खुदा की मखलूक़ की गिनती में नहीं जाता...

लेकिन मेरी आंख को खुदा की आंख वाला शाप क्यों मिल गया? मैं अपने सामने ऐसी औरतें और मर्द क्यों देख रहा हूं, जिन्होंने कमर से नीचे कोई कपड़ा नहीं पहन रखा हैं, जिन्हें देखना सारी मखलूक़ के लिए गुनाह है?

कल से मां अस्पताल में है। उसके प्राण उसकी सांसों के साथ डूब और उतरा रहे हैं। ऐसा पहले भी कई बार हुआ है और दो बार पहले भी उसे अस्पताल ले जाया गया था, पर इस बार शायद उसके मन को जीने का विश्वास नहीं बंध रहा है। अचानक उसने उंगली में से हीरे वाली अंगूठी उतारी और मुझे देकर कहा कि मैं घर जाकर उसकी लोहे वाली अलमारी के खाने में रख दूं।

अस्पताल में अभी दादी भी आई थी, पापा भी, मेरा बड़ा भाई भी, लेकिन मां ने न जाने क्यों, यह काम उन्हें नहीं सौंपा। हम सब लौटने लगे थे, जब मां ने इशारे से मुझे ठहरने के लिए कहा। सब चले गए तो उसने तकिये के नीचे से एक मुसा हुआ गुच्छा-सा रूमाल निकाला, जिसके एक कोने से दो चाबियां बंधी हुई थीं। रूमाल की कसी हुई गांठ खोलने की उसमें शक्ति नहीं थी, इसलिए मैंने वह गांठ खोली। तब एक चाभी की ओर इशारा करके उसने मुझे यह काम सौंपा कि मैं उसकी हीरे की अंगूठी अलमारी के अन्दर खाने में रख दूँ। यह भी बताया कि अन्दर वाले की चाभी मुझे उसी अलमारी के एक डिब्बे में पड़ी हुई मिल जाएगी।

और फिर मां ने धीरे से यह भी कहा कि मैं बम्बई वाले चाचाजी को एक खत डाल दूँ, दिल्ली आने के लिए। और दूसरी चाभी उसने उसी तरह रूमाल में लपेटकर अपने तकिये के नीचे रख ली।

और जिस तरह तक़दीरें बदल जाती है, उसी तरह चाभियां भी बदल गईं···

घर में रोज के इस्तेमाल की मां की एक ही अलमारी है, लेकिन फ़ालतू सामान वाली कोठरी में लोहे की एक और भी अलमारी है, जिसमें फटे-पुराने कपड़े पड़े रहते हैं। पापा के ट्रांसफ़र के समय वह अलमारी लगभग टूट ही गई थी, पर मां ने उसे फेंका नहीं था और साकड़-भाकड़ वाली उस अलमारी को फ़ालतू कपड़ों के लिए रख लिया था।

घर पहुंचकर मैं जब मां की अलमारी खोलने लगा, तो वह खुलती ही न थी। चाभी मेरी तक़दीर की तरह बदली हुई थी। हाथ में थामी हुई हीरे की अंगूठी को कहीं संभालकर रखना था, इसलिए मैंने सामान वाली कोठरी की अलमारी खोल ली। यह चाभी उस अलमारी की थी। इस अलमारी में भी अन्दर का खाना था। मैंने सोचा, उसकी चाभी भी जरूर इसी अलमारी के किसी डिब्बे में ही मिलनी थी···

और मैं फटे-पुराने कपड़ों की तहें खोलने लगा···

पुराने, उधड़े हुए सलमें के कुछ कपड़े थे, जो मां ने शायद उनका सुच्चा सलमा बेचने के लिए रखे हुए थे और पापा के गर्म कोट भी थे, जो शायद बर्तनों से बदलने के लिए मां ने संभालकर रखे हुए थे। मैंने एक बार गली में बर्तन बेचने वाली औरतों से मां को एक पुराने कोट के बदले में बर्तन खरीदते हुए देखा था···

पर मैं हैरान हुआ—मां ने वे सब टूटे हुए खिलौने भी रखे थे, जिनसे मैं छुटपने में खेला करता था। देखकर एक दहशत-सी आई—चाभी से चलने वाली रेलगाड़ी इस तरह उल्टी हुई थी, जैसे पटरी से गिर गई हो और उस भयानक दुर्घटना से उसके सभी मुसाफ़िर घायल हो गए हों—प्लास्टिक की गुड़िया, जो एक आंख से कानी हो गई थी; रबड़ का हाथी, जिसकी सूंड बीच से टूट गई थी; मिट्टी का घोड़ा, जिसकी अगली दोनों टांगें जैसे कट गई हो और कुछ खिलौनों को सिर्फ टांगें और बांहे बिखरी पड़ी थीं—जैसे उनके धड़ और सिर उड़कर कहीं दूर जा पड़े हों—और अब उन्हें पहचाना भी नहीं जा सकता था···

मेरे शरीर में एक कम्पन-सी दौड़ गयी—देखा कि इन घायल खिलौनों के पास ही मिट्टी की बनी शिवजी की मूर्ति थी, जो दोनों बांहों से लुंजी हो गई थी और खयाल आया—जैसे देवता भी अपाहिज होकर बैठा हुआ है।

जहां तक याद आया, लगा कि मेरा बचपन बहुत खुशी में बीता था। बड़े भाई के जन्म के सात बरस बाद मेरा जन्म हुआ था, इसलिए मेरे बहुत लाड़ हुए थे। तब तक वैसे भी पापा की तरक्की हो चुकी थी, इसलिए मेरे वास्ते बहुत सारे कपड़े और बहुत सारे खिलौने खरीदे जाते थे··· लेकिन पूरी यादों के लिए इन टूटे हुए खिलानों की मां को क्या जरूरत थी, समझ में नहीं आया···

सिर्फ़ खिलौने ही नहीं, मेरे फटे हुए कपड़े भी तहों में लगे हुए थे—टूटे हुए बटनों वाले छोटे-छोटे कुरते, टूटी हुई तनियों वाले झबले और फटी हुई जुराबें भी···

और फिर मुझे एक रूमाल में बंधी हुई वह चाभी मिल गई, जिसे मैं ढूंढ रहा था। अलमारी का अन्दर वाला खाना खोला, ताकि हीरे की अंगूठी उसमें रख दूं।

यही वह घड़ी थी जब मैंने देखा कि उस खाने में सिर्फ नीचे पहनने वाले कपड़े पड़े हुए थे···

और अचानक मेरे सामने वे लोग आकर खड़े हो गए हैं, जिनके सिर भी ढके हुए हैं, बांहें भी, ऊपर के शरीर भी—लेकिन कमर से नीचे कोई कपड़ा नहीं है···

प्रलय का समय शायद ऐसा ही होता होगा, मालूम नहीं। मेरे सामने मेरी मां खड़ी हुई है, पापा भी, बम्बई वाले चाचा भी और एक कोई मिसेज चोपड़ा भी और एक कोई मिस नन्दा भी—जिन्हें मैं जानता नहीं।

और खोए हुए-से होश से मैंने देखा कि उनके बीच में कहीं मैं भी गुच्छा-सा होकर बैठा हुआ हूं···

न जाने यह कौन-सा युग है, शायद कोई बहुत ही पुरानी सदी, जब लोग

पेड़ों के पत्तों में अपने को लपेटा करते थे··· और फिर पेड़ों के पत्ते कागज जैसे कब हो गए नहीं जानता···

अलमारी के खाने में सिर्फ़ कागज पड़े हुए हैं, बहुत-से कागज-जिन पर हरएक के तन की व्यथा लिखी हुई है—तन के ताप जैसी, तन के पसीने जैसी, तन की गंध जैसी···

ये सब खत है, बम्बई वाले चाचाजी के और सब मेरी मां के नाम हैं···

तरह-तरह की गंध मेरे सिर को चढ़ रही हैं···

किसी ख़त से खुशी और उदासी की मिली-जुली गंध उठ रही है। लिखा हैं, "वीनू! जो आदम और हव्वा खुदा के बहिश्त से निकाले गए थे—वह आदम मैं था और हव्वा तुम थीं···"

किसी ख़त से विश्वास की गंध उठ रही है—"वीनू! मैं समझता हूं कि पत्नी के तौर पर तुम अपने पति को इन्कार नहीं कर सकती, लेकिन तुम्हारा जिस्म मेरी नज़र में गंगा की तरह पवित्र है और मैं शिवजी की तरह गंगा को जटा में धारण कर सकता हूं···"

किसी ख़त से निराशा की गंध उठ रही है—"मैं कैसा राम हूं, जो अपनी सीता को रावण से नहीं छुड़ा सकता···न जाने क्यों, ईश्वर ने इस जन्म में राम और रावण को सगे भाई बना दिया!"

किसी ख़त से दिल जोई की गंध उठ रही है—"वीनू! तुम मन में गुनाह का अहसास न किया करो। गुनाह तो उसने किया था, जिसने मिसेज चोपड़ा जैसी औरत के लिए तुम्हारे जैसी पत्नी को बिसार दिया था···"

और अचानक एक हैरानी की गंध मेरे सिर को चढी, जब एक खत पढ़ा—"तुम मुझसे खुशनसीब हो वीनू! तुम अपने बेटे को बेटा कह सकती हो, लेकिन मैं अपने बेटे को कभी भी अपना बेटा नहीं कह सकूंगा।"

और अधिक हैरानी की गंध से मेरे सिर में एक दरार पड़ गई, जब एक दूसरे

खत में मैंने अपना नाम पढ़ा। लिखा था—"मेरी जान वीनू! अब तुम उदास न हुआ करो। मैं नन्हें-से अक्षय की सूरत में हर वक्त तुम्हारे पास रहता हूं। दिन में तुम्हारी गोद में खेलता हूँ और रात को तुम्हारे पास सोता हूं···"

सो मैं ··· मैं ···!

ज़िन्दगी के उन्नीस बरस मैं जिसे पापा कहता रहा था, अचानक उस आदमी के वास्ते यह लफ्ज़ मेरे होठों पर झूठा पड़ गया है···

बाक़ी ख़त मैंने पूरे होश में नहीं पढ़े, लेकिन इतना जाना है कि जन्म से लेकर मैंने जो भी कपड़ा शरीर पर पहना है, वह मां ने कभी भी अपने पति की कमाई से नहीं खरीदा था। मिट्टी का खिलौना तक भी नहीं। मेरे स्कूल की और कॉलेज की फ़ीसें भी वह घर के खर्च में से नहीं देती थी···

यह भी जाना है कि बम्बई में अकेले रहने वाले आदमी से कुछ ऐसी बातें भी हुई थी, जिनके लिए कई ख़तों में माफ़ियां मांगी गई हैं, और उस सिलसिले में कई बार किसी मिस नंदा का नाम लिखा गया है, जो खत लिखने वाले की नज़रों में एक आवारा लड़की थीं, जिसने मेनका की तरह एक ऋषि की तपस्या भंग कर दी थी··· और कई ख़तों में मां की झिड़कियां-सी दी गई हैं कि ये सिर्फ़ उसके मन के वहम हैं, जिनके कारण वह बीमार रहने लगी है···

यह मां, पापा, चाचा, मिसेज चोपड़ा, मिस नंदा—कोई भी खानाबदोशों के काफ़िलों में से नहीं है—पर खानाबदोशों की परम्परा शायद सारी मनुष्य जाति पर लागू होती है, सबकी घघरियों और सबके तहमदों पर, जहां उनके शरीर पर पड़ी उनके नेफ़े की लकीर पर लिखा हुआ नाम ईश्वर की आंख के सिवा किसी को नहीं देखना चाहिए।···और पता नहीं लगता कि आज मेरी आंख को ईश्वर की आंख वाला शाप क्यों लग गया है ···

सिर्फ़ यह जानता हूं कि ईश्वर की आंख ईश्वर के चेहरे पर हो तो वरदान हैं, लेकिन वह इन्सान के चेहरे पर लग जाए तो शाप हो जाती है ···।

पात्र और पाठक

कहानी 'लटिया की छोकरी' मैनें मध्य प्रदेश के झिलमिला गांव की जिस चारू पर लिखी, उसे कभी देखा नहीं, जिसने उसे देखा जाना, वह साबुन के उस कारखाने का मालिक था, जिसमें चारू काम करती थी···

जिस कारखाने के मालिक का नाम मैंने कहानी में देसराज दिया है, उसका असल नाम अमोलक सिंह है, 'चारू तक यह कहानी पहुंच पाई कि नहीं, मैं नहीं जानती, पर कहानी छपने पर कारखाने के मालिक ने लिखा—

"लटिया की छोकरी धर्मयुग में छपी, तो एक मित्र मेरे घर आया, धर्मयुग में छपी कहानी मेरे सामने रखी, कहने लगा—मुझे लगता है—इस कहानी का सम्बंध सीधा तुम से है"—और फिर यह बात फैल गई। अमृता प्रीतम को चारू की बातें सुनाते हुए मेरे ध्यान में नहीं था कि जब वह लिख देंगी, कहानी छपेगी, तो मैं लोगों की आंखों में और लोगों के दिलों में इतनी जगह पा लूंगा—पात्र के रूप में मैं भले ही एक साधारण पात्र हूं, पर पाठक के रूप में जब भी कहानी को पढ़ता हूं पार्वती-चारू के अन्तर्मन को जानने वाली अमृता का चित्र मेरे सामने उभर आता है"

लटिया की छोकरी

पार्वती ने जब डोली में से पैर उतारा, सब से पहले उस के ससुर ने रुपयों की थैली में उस का हाथ डलवाया, फिर उस की सास ने सोने की कण्ठी उसे मुंह दिखायी दी, फिर उस के देवर ने उसे सफेद मोतियों की अँगूठी घूंघट-उठायी में दी और फिर बाक़ी सगे-सम्बन्धियों ने अपने-अपने सम्बन्ध के अनुसार पाँच-पाँच या दो-दो रुपये उस की मुट्ठी में दिये। देसराज की बारी आधी रात के क़रीब आनी थी। सुहाग की सेज पर बैठी पार्वती सोच रही थी कि उस के ससुर ने उस का घर में स्वागत कर उसे बहू बना लिया था, उस की सास ने उसका मुंह देखते हुए उसे घर का सिंगार कहा था, उस के देवर ने उस के रूप को सराहते हुए उसे फूलों जैसी भाभी कहा था और सगे-सम्बन्धियों ने उसे चन्दन की डाली कह-कहकर प्रशंसा की थी और वह सोच रही थी कि अगर देसराज उस का मुँह देखकर उसे अपने मन में उतार लेगा तब ही यह सब कुछ सार्थक होगा, नहीं तो यह सब कुछ निष्फल जायेगा।

देसराज ने बड़ी कोमलता से पार्वती का घूँघट उठाया और नज़र भरकर उस के मुँह की ओर निहारते हुए धीरे से कहने लगा," पारो !"

जिस कोमल आवाज़ में देसराज ने पार्वती को पारो बना दिया—पार्वती

का तन-मन पूर गया। उस ने पलकें झपककर देसराज के मुँह की ओर देखा। देसराज के मुंह पर एक गहरी तसल्ली थी, उस ने कोट की जेब से एक तस्वीर निकाली और पारो की झोली में डालकर कहने लगा," तुम्हारी मुँह-दिखायी।"

पारो तस्वीर की ओर देखती-की-देखती रह गयी। यह एक भरपूर जवान लड़की की तस्वीर थी। लड़की के बदन पर एक छोटी-सी चोली थी, लाँग वाली धोती बँधी थी और बालों में फूलों के गुच्छे टँके थे। लड़की के मुख पर रूप का ज्वार था और यह रूप जंगली फूलों जैसा था। पारो को क्षण-भर के लिए ऐसा लगा, जैसे उस का दिल धड़कने से रह गया हो।

दूसरे क्षण देसराज ने पारो को उस के दिल की धड़कन लौटा दी। कहने लगा," यह चारू की तस्वीर है। मैं सोचता था, अगर तुम्हारा मुख उतना ही सुन्दर हुआ जितना मेरे मन में बसा हुआ है तो मैं चारू की तस्वीर तुम्हें मुँह दिखायी दूंगा।"

और देसराज ने पार्वती को अपनी पारो बनाकर चारू की कहानी इस तरह सुनायी :

"एक बार हमारा हाथ बहुत तंग हो गया था। पिताजी किसी के साथ साझेदारी कर बैठे थे। अधिक विश्वास का बदला हमें यह मिला था कि घर का सारा छाप-छल्ला बेचकर बाज़ार का क़र्ज़ चुकाया था। लेना डूब गया था और हम रोटी के भी मुँहताज थे। मेरे ताऊ के बेटे, बोधराज और कर्मचन्द, पिछले कुछ सालों से मध्यप्रदेश में रहते थे। सुना था ठेकेदारी करते हैं। वे कुछ सालों में ही बड़ी असामी बन गये थे। उन्होंने मुझे लिख भेजा कि मैं भी अगर कुछ थोड़ा-बहुत पैसा लेकर उन के पास पहुँच जाऊँ तो कुछ दिनों में ही घर की हालत सुधर सकती है।

"मैं सोनीपत छोड़कर विलासपुर चला गया। बोधराज और कर्मचन्द जिस ढंग से लखपती बने थे, वह ढंग देखकर मेरा दिल काँप गया। वे बीस रूपये सैकड़ा ब्याज लेकर अपना रुपया ब्याज पर दे देते थे। दावं लगे तो पचीस रुपये, भी लगा लेते थे।आसपास के गाँवों में गरीबों का जीना भी गिरवी पड़ा हुआ था और मरना भी। मैं साहूकारी का काम न कर पाया, लेकिन पास-पड़ोस के गाँवों

में काम का अवसर देखते हुए मैंने बिलासपुर से उन्नीस मील दूर अक्लतरे में साबुन का कारख़ाना खोल दिया।

"जो गाँव रेलवे लाइन के पास पड़ते हैं, वहाँ के आदिवासी चाहे अपनी जंगल की आज़ादी को खो बैठे हैं, फिर भी नाच-गाने की आज़ादी उन की हड्डियों में रमी हुई है। होली के दिनों में मैं ने किसी के पूछा कि अगर मैं लोगों के नाच-गानों की महफिल में चला जाऊँ तो किसी को एतराज तो नहीं? मालूम हुआ कि किसी को एतराज नहीं था। मैं एक साँझ को गाँव के उस 'इकट्ठ' में चला गया जहाँ मृदंग और बाँसुरी बज रही थी, स्त्रियां और पुरुष कांसे की कटोरियों में ताडी पी रहे थे और गा रहे थे। लाल-पीले रंग में डूबी हुई औरतों ने पूरे हाथों में काँच की चूड़ियाँ पहनी हुई थीं, पैरों में चांदी की नाग-मोरियां और नाक में मोटी-मोटी तीलियां। गेंदे के फूल उन के बालों में बँधे हुए थे। उन का गीत आज तक याद है—

मोर अँगना में आयो रसिया,
का करूँ दाई एक न माने!
चले न मोरे बसिया
मोर अँगना में आयो रसिंया!

"यह जवान लड़की ग़जब की खूबसूरत थी। उस ने सारे 'इकट्ठ' की फेरी ली और बांहें लटकाकर एक लम्बा-सा गीत गाया। उस गीत की एक ही पंक्ति मुझे याद रह गयी है, 'लटपट पाग से लपेट मन ले गयी।'—हर बार जब वह यह पंक्ति बोलती थी, सारे 'इकट्ठ' की स्त्रियां उस के साथ मिलकर इस पंक्ति को गुँजा देती थीं। उस ने बड़ा रंग बाँधा। पर मृदंगवाला उस से भी अधिक मस्ती में था, उस ने बड़ी लटक से एक गीत गाया—

तोला देखे रहियो री,
लटिया की छोरी मोरे जिया में भा गयी।
नागन-सी छोरी मोरे हिया में छा गयी।
जहिर चड़ह गयो री,
तोला देखे रहियो री।

"लोग यह गीत गा रहे थे और साथ में गुटक रहे थे। मैं ने देखा कि

मृदंगवाला भी और कई दूसरे भी, बार-बार जिस ओर देख रहे थे, वहाँ पन्द्रह-सोलह साल की एक वही लड़की खड़ी थी जिस ने लड़कों की तरह कमर में एक अंगोछा बाँधा हुआ था और गले में एक चारख़ानी कुरती पहनी हुई थी, उस ओर औरतें अपने बाल खूब लम्बे रखती हैं। पर उस लड़की ने लड़कों की तरह अपने बाल काटे हुए थे और गानेवाली औरतों से परे खड़ी बीड़ी पी रही थी।

"मैंने पिछले दिनों गाँव की बोली सीख ली थी। मेरे पास साबुन की फेरी लगानेवाला चेटू काका खड़ा था, मैं ने उस से पूछा कि यह लड़की कौन थी। चेटू काका ने बड़ी ताक़ीद से मुझे बताया, 'अरे, ए छोकरी चारू। ए बड़ी चट ए। ऐकर नज़ीक झन जावे, थोड़ कुन कोनो एला छेड़ी से, कि जूती एकर हाथ में आयी से। ए जौन ननकी मृदंग बजावत ए, एकर मौत आये, ऐसना मौला दीखत ए, ए चारू ला प्यार करत ए।' और चेटू काका ने मुझे यह भी बताया कि यह चारू लटियापारे में रहती थी इसी लिए यह मृदंगवाला ननकी अपने गीत में कह रहा था कि लटिया की छोरी मोरे जिया में भा गयी।

"मैं कितनी ही देर चारू की ओर देखता रहा। मैं हैरान था कि चारू ने जान-बूझकर अपना रूप क्यों बिगाड़ा हुआ था। वर अगर दूसरी लड़कियों की तरह रंगीली धोती बाँधती, बाँहों में काँच के गजरे पहनती, आँखों में काजल डालती और लम्बे बालों का जूड़ा बनाकर उस में फूल टाँकती, तो वह बहुत सुन्दर लग सकती थी···पर गवारों जैसी वह लड़की उस समय बिलकुल लड़की नहीं लग रही थी। सिर्फ़ उस के मुख पर उस की आँखें ऐसी थीं जो उस के रूप की चुग़ली खा रही थीं। नहीं तो उस की ओर दूसरी बार देखने का भी ख़याल न आता।

"दूसरे दिन चेटू काका ने मुझे फिर बताया कि वह लटियापारे की छोकरी बड़ी खतरनाक थी। आठ आने महीना पर एक खपरैल किराये पर लेकर अकेली रहती थी। छुटपन में माँ डूबकर मर गयी थी। बाप पागल हो गया था और अब वह शेरनी की तरह किसी से भी नहीं डरती थी। बीड़ियाँ फूंकती थी, जुआ खेलती थी और ठेके पर जाकर पउवा शराब एक ही बार चढ़ा लेती थी। कभी वह ओखली में लोगों का धान कूटकर चार-पाँच आने रोज कमा लेती थी और कभी वह स्टेशन पर जाकर एक-एक आने में लोगों का सामान ढो देती थी। और चेटू काका ने मुझे चेताया कि कभी राह जाते मैं उसे बुला न लूँ। वह किसी की

इज्जत नहीं देखती थी और दूसरे का हाथ झटककर पाँव में से जूती निकाल लेती थी।

"यह सब कुछ बड़ा अजीब था। मैं अकसर बैठा-बैठा चारू के बारे में सोचता रहता, कइयों से पूछताछ भी करता। सभी चेटू काका की बात दोहराते थे। वैसे होली के दिनों से, जिस दिन ननकी ने वह गीत गया था, चारू का नाम सारे गाँव में 'लटिया की छोकरी' पड़ गया था।

"एक दिन चारू बीड़ी पीती हुई मेरे कारखाने में चली आयी और आते ही मुझ से कहने लगी, 'ठाकुर! मोला नौकर रखवै का?"

" 'का काम जानत अस?'

" 'जौन काम ते देवे।'

" 'कारख़ाना में तो कतको काम ऐ पानी भरवै? साबुन कटाई करवै? पेटी उठावै?'

" 'सब काम करी हो।'

" 'छह आना रोजी मीली।'

" 'मोला मंजूर ए।'

"चारू मेरे कारखाने में छ: आने रोज पर मज़दूरी करने लगी। चारू को आये अभी एक महीना भी नहीं हुआ था कि ननकी भी मेरे कारख़ाने में नौकरी करने आ गया। मुझे ननकी के इश्क का पता था, इसलिए मैं ने उसे बारह आने रोज पर अपने कारखाने में रख लिया। उन दिनों औरत को छह आने रोज और मर्द को बारह आने रोज़ मिलते थे।

"ननकी का इश्क सारे गाँव में मशहूर था। मैं ने कुछ दिनों बाद ननकी को बुलाकर कहा, 'ननकी! तोर प्यार के बात तो खूब फैल गये, अब तै चारू से ब्याह कर ले।'

“ ‘ए साली तो मोर हाथ ही नहीं आवे।’ ननकी ने मुँह लटकाकर मुझे जवाब दिया।

“ ‘तो फिर तैं एकर ख़याल ना छोड़ दे।’ मैं ने ननकी के मन को देखने के लिए फिर कहा।

“ ‘का करूँ, ठाकुर! एकर प्यार के जहर तो मारे रूयाँ-रूयाँ में समा गये।’ ननकी ने जिस समय यह उत्तर दिया, ननकी का मुख देखते ही बनता था।

“ ‘तौर गाँव में तो एकर ले बड़ीया-बड़ीया पड़ै ए।’ मैं ने ननकी से हँसकर कहा।

“पर ननकी का इश्क पक्का था। बड़ी गम्भीरता से कहने लगा, ‘पता नहीं ठाकुर! ए साली लटिया की छोकरी मोर ऊपर का जादू कर देई से।’

“कई महीने बीत गये। ननकी उसी तरह बड़े सब्र से इश्क करता रहा और चारू उसी तरह ननकी से भी और गाँव के और मर्दों से भी तनी रही। एक दिन ननकी घबराया हुआ मेरे पास आया और कहने लगा, ‘ठाकुर! एह जौन नया ठोनेदार आये से, ए मौल ठीक नहीं दीखत ए। एसेना लागत ए कि कोई दिन ए कोई गड़बड़ जरूर करे।’

“ ‘क्यों, ननकी, क्या बात है?’ मैं ने उस से पूछा।

“ ‘कल साँझ के चारू जब तालाओं ते लौट के आत रही से, तो ठोनेदार उकर हाथ ला धर लई से।’ ननकी ने मुझे बताया।

“ ‘फिर?’ मैं ने कुछ चिन्तित होकर पूछा।

“ ‘फिर का? चारू गुस्सा गयी। अऊ ख़ूब गाली दयी से, अऊ तान के एक थप्पड़ मारी से।’

“ननकी ने जब मुझे यह बताया, चिन्तां तो मुझे भी हुई, पर मैं ने ननकी को ढारस देकर भेज दिया। बात यह थी कि गाँव में शराबबन्दी हो रही थी। पहले लोग आम पीते थे, अब चोरी से पीनी पड़ती थी। लोग पुलिसवालों पर

खीझे हुए थे और पुलिस लोगों पर। इन दिनों बात-बात पर पुलिसवालों और लोगों में तन जाती थी। मैं ने कभी चारू से पूछा नहीं था, पर मैं ने गाँव में से अफ़वाह सुनी थी कि चारू हफ्ते में एक-आध बार विलासपुर से शराब की बोतल छिपाकर ले आती थी और यहाँ आकर बेच देती थी। विलासपुर में शराबबन्दी नहीं थी। मेरा डर सच्चा निकला। एक दिन संध्या समय गाँव का नया इन्स्पेक्टर ओमप्रकाश दो सिपाहियों को लेकर मेरी ओर आया क्योंकि उसे लटियापारे जाकर चारू की खपरैल की तलाशी लेनी थी और मुझे साथ ले जाकर सरकारी गवाह बनाना था।

"मुझे इन्स्पेक्टर के साथ जाना पड़ा। चारू को जलती हुई आंखों से देखता हुआ वह सिपाहियों से खपरैल का चप्पा-चप्पा ढुंढवाने लगा। महुए का एक पउवा मिल गया। पर बाक़ी परछत्ती पर सिर्फ़ ख़ाली बोतलें पड़ी हुई थीं। पउए को एक झरोखे में रखकर इन्स्पेक्टर और सिपाहियों ने आंगन में पड़े लकड़ियों और उपलों के ढेर में ढूंढ़ना शुरू किया।

"चारू से बात करने का मुझे मौक़ा मिल गया। उस ने मेरे कहने पर एक खाली पउए में पानी भर के शराब के पउए से बदल दिया और बाहर उपलों के ढेर के पास जा खड़ी हुई। उपलों के ढेर से कुछ न निकला। इन्स्पेक्टर ने उसी एक पउए को संभाल लिया। रिपोर्ट लिखकर उस ने मेरे दस्तख़त करवाये और चारू का अंगूठा लगवाया और चारू को दूसरे दिन सवेरे नौ बजे थाने में आने के लिए कह गया।

"जाते-जाते उसने चारू को बड़ी तनी हुई आंखों से देखा और कहने लगा, 'लटिया की छोकरी! अब तोला मालूम पड़ी कि आटा, दाल के का भाओ होते, पुलिस के चक्कर में अबी नहीं पड़े अस ना।'

"चारू की हंसी मुझे कभी नहीं भूलेगी। वह ठहाका मारकर हंसी और कहने लगी, 'जा, जा, तौर जैसना कतकों देख डारे आ।'

"सवेरे थाने में मुझे भी जाना था। जाकर देखा कि गांव के कुछ और मुखिया भी इन्स्पेक्टर ने गवाहियां देने के लिए बुलाये हुए थे। चारू को आने में जरा देर हो गयी थी। पर वह जब आयी, बड़ी बेपरवाही से मेज़ की ओर खड़ी

होकर बीड़ी पीने लगी। मेज़ पर इन्स्पेक्टर ने अपने काग़ज़ों आदि के साथ शराब का पउआ रखा हुआ था। गांव के मुखियों से काग़ज़ पर दस्तख़त करवाते हुए उस ने बोतल दिखायी। बोतल को हाथ में लेकर जब एक आदमी ने हिलाया तो शराब की झाग न उठी। दूसरे ने हैरान होकर ढक्कन उतारा और उसे सूंघा। शराब की बू भी नहीं थी। एक आदमी को एक घूंट पिलाया गया तो उस ने बताया कि यह तो निरा पानी है। इन्स्पेक्टर बड़ा हैरान हुआ। ऊंची-ऊंची गालियां सिपाहियों को देने लगा कि उन्होंने रात को चारू से रिश्वत लेकर शराब को पानी में बदल दिया था। इन्स्पेक्टर ने सैकड़ों गालियां दीं। पर अब क्या हो सकता था! बात टल गया आर चारू उसी तरह बीड़ी पीती हुई थाने से सुर्ख़रू होकर चली गयी।

"एक-दो दिनों के बाद मैं ने चारू को अपने पास बुलाया और कहा, 'देख चारू! तैं अकेले रहत अस ना? ऐकरे खातर तोर ऊपर ए सब मुसीबत आत है ए।'

" 'मैं जानत हों ठाकुर!' चारू ने बड़ी हलीमी से जवाब दिया।

"मैं ने फिर उस से कहा, 'मोर समझ में ननकी बहुत अच्छा छोकरा ए, अऊ तौर सिऊ प्यार करत है ए।'

" 'मैं जानत हों।' उस ने फिर वही जवाब दिया।

" 'तै उकर सेयों ब्याह काहे नहीं कर लेत अस?' मैं ने उस से सीधा सवाल किया।

" 'करिओं, पर थोड़ा ठहरि के।' चारू ने बड़ी तसल्ली से मुझे बताया।

" 'कतब दिन ठहिर के वे?' मैं ने उस से जब पूछा तो चारू कितनी देर कुछ न कह सकी, फिर धीरे से यह कहकर कि 'को जाने' वह बीड़ी पीती मेरे कमरे में से चली गयी।

"चारू के मन की गहराई कोई न नाप पाया। दिन उसी तरह गुमसुम बीतने लगे। सिर्फ़ मेरे कहने पर चारू ने इतना कर लिया कि उस ने अंगोछा बांधने की

जगह औरतों की तरह रंगदार धोती बांधनी शुरू कर दी और औरतों की तरह बाल भी लम्बे करने लगी।

" एक दिन गांव में बड़ा शोर मचा कि गांव का पुराना मालगुज़ार कितने ही दिनों के बाद गांव लौटा था और रात अपने खेतों की झोंपड़ी में सोया पड़ा था कि झोंपड़ी को आग लग गयी। मालगुज़ार बीच में ही जल मरा था। चेटू काका ने मुझे विस्तार से बताया : 'अरे, ओ मानसिंह, मालगुज़ार रही से ना! जौन गांजा के चिलम में अफीम डाल के नशा करत रही से, आज रात के उकर झोंपड़ी में आग लग गये, उई में बिचारा जल मरी से।' लोग कहते थे कि सठियाये हुए बूढ़े ने शायद रात को चिलम में अफीम की डली अधिक डाल ली थी जिस के नशे में चिलम उस के हाथ से छूट गिरी थी और उस की खाट को आग लगती-लगती पूरी खपरैल में लग गयी थी। फिर धीरे-धीरे यह खबर भी चल निकली कि रात को मालगुज़ार ने अपने किसी आदमी के हाथ चारू को अपनी झोंपड़ी में बुलवाया था और उस पर ज़बरदस्ती हाथ डालना चाहा था। यह सारे गांव को मालूम था कि अगर कोई चारू को हाथ डालना चाहे तो उस का क्या हशर होता था। लोग कहते थे कि चारू ने ज़रूर उसे अपनी जूती से पीटा होगा और झोंपड़ी से भाग गयी होगी। बूढ़े को उसी की आह लग गयी थी, इसलिए वह रात को दैवी आग से जल मरा था।

"चारु से पूछने की किसी की हिम्मत नहीं थी। मैंने भी कुछ न पूछा।

"तीसरे दिन पूर्णिमा थी। पूर्णिमा के दिन ननकी दौड़ता-दौड़ता मेरे पास आया, उस की सांस फूली हुई थी। कहने लगा, 'ठाकुर साहब! आज मोर मन खूब खुश ए! को जाने लटिया की छोकरी के मन में का आयी से कि मौला बुला के आपन मुंह ले मोर संग ब्याह करे बर कही से।'

" 'सच?' मैं ननकी की तरह खुश भी हुआ और हैरान भी।

" 'सच ठाकुर साहिब! मैं तो तुमन ला न्योता दे बर आये हों। आज रात के चारू तुमन ला आपन घर में खाये-पिये बर बुलायी से।' ननकी ने मुझे कहा और मुझ से दिन भर की छुट्टी लेकर चला गया।

"मैं ने उपहार के रूप में चारू के लिए एक रंगीली धोती खरीदी और रात को उस के घर चला गया। चारू की खपरैल में ढोलकी बज रही थी। खपरैल के दरवाजे में बहुत-से फूल टाँके गये थे और बरामदे में चावल पक रहे थे।

"रायोतों की जाति में और दूसरी छोटी जातियों में विवाह की कोई रस्म नहीं होती। लड़का लड़की के हाथों में काँच की चूड़ियां पहना देता है, बस विवाह हो जाता है। ननकी की मां, रायोतों की तीन चार और स्त्रियां और गांव के दो मुखिया इस दावत में आये हुए थे। बस और कोई नहीं था। रोहू मछली पकी हुई थी, लुचई चावल बने हुए थे और चारू सब को महुए की शराब पिला रही थी। वैसे चारू आज कोई दूसरी ही चारू दिखायी दे रही थी। उस ने पीले रंग की कुरती पहनी हुई थी, लाल रंग की धोती बांधी थी, हाथों में कांच की चूड़ियां और शीशे के गजरे पहने हुए थे। माथे पर बिन्दु लगाया था और बालों में मौगरे के फूल गुंथे हुए थे।

"रायोतों की स्त्रियाँ और गाँव के मुखिया जब खा-पीकर बिदा हो गये तो मैं ने शराब की बोतलों की ओर देखकर चारू से पूछा, 'चारू, तोला डर नहीं लगे, जो ऊपर ले थानेदार आ जाये तो?

"चारू के मुख पर पहले रूप ही चढ़ा हुआ था, अब एक और चमक आ गयी और वह बिजली की तरह चमककर बोली, 'अब मोला थानेदार कभी तंग करोसे तो मैं उला उहीं जगा भेजूँ जहाँ मालगुज़ार गये से।"

"मैं भौंचक्का रह गया। मेरी तरह ननकी का मुँह भी खुले का खुला रह गया। ननकी बोल न पाया, मैं ने ही चारू से पूछा, 'सच बता, चारू! मालगुज़ार ला तही मारे अस?'

" 'मैं काबर मीरओं, उकर पाप ही मारे ई।' चारू तमककर बोली।

" 'ओ तोला छेड़ी रही से?' इस बार ननकी ने चारू से पूछा।

"चारू ने दाँत पीसकर जवाब दिया, ओ बंढ़ऊ के का हिम्मत रही से जैस मोला छेड़तीस।'

“ ‘फिर?’ मैं ने और ननकी ने हैरान होकर पूछा।

“ ‘ओ मोर दाई ला मरवाये रही से।’ चारू के मुख पर रोष का एक नया रूप पढ़ गया।

“ ‘तोर दाई ला?’ मेरे मुँह से निकला।

“चारू ने हाथ में पकड़ी हुई शराब की कटोरी एक ओर रख दी और अँगड़ाई लेकर कहने लगी, ‘मोर दाई गाऊँ भर में सब से खूबसूरत रही से। मालगुज़ार के मन खराब हो गयी से। मो टाई एला खूब डांटो से। आउ एक दिन जब मोर दाई कुआँ ले पानी भरत रहा से, तो ए आपन कोनों आदमी के हाथ उला कुआँ में धकेल देई से। मोर दाई मर गये। एइ दुख मा मोर दादा पागल हो गये। मैं आपन मन में कस्म खाये रहियों के अपने दाई के बदला चुका के छोड़ियों।’

“ ‘चारू! इहिं खातर तें ब्याह नहीं करते रहे अस?’ ननकी ने चारू की बाँह अपने हाथ में पकड़ ली और उसे गर्व से पूछा।

“ ‘हाँ, ननकी! मैं आपन मन में प्रतग्या करे रहओ कि मैं आपन हाथ काँच की एक चूड़ी तक ना पहलू···

“ननकी ने चारू को गले से लगा लिया। उस के मुँह से बार-बार यही निकल रहा था, ‘ए मोर चारू! ओ मोर लटिया की छोकरी! तै अतका दुख अकेले बोहे-बोहे घूमत रहे अस, मोला पहिले काबर नहीं बताये अस। मैं तोर सब के सब दुख ला आपन ऊपर ले लेते।’

“चारू ने ननकी को बड़ा दुलराया और कहने लगी, ‘ओ ननकी! मैं तोल शुरू ले प्यार करत रहियों। मैं तोला कोई खतरा में कैसे डालत? अऊ फिर जब तक मैं आपन हाथ ले बदला नहीं लेते, मोर दाई के आतमा कैसे चैन पातीस!’

“और पारो···” कहानी सुनाते हुए देसराज की आवाज भर्रा गयी थी, वह पारो को गले से लगाकर कहने लगा:

“चारू के रूप में मैं ने औरत के मन का जो रूप देखा है, उस के आगे मेरा सिर झुक जाता है। मैं ने इसीलिए चारू की तस्वीर तुम्हें मुँह-दिखायी में दी है।”

देसराज के सीने से सिर लगाकर पारो ने एक बार फिर चारू की तस्वीर की ओर देखा और उसे अपनी आँखों में सँजोती हुई सोचने लगी कि वह चारू के रूप को अपने रोम-रोम में बसा लेगी और वह देसराज के मन में उसी तरह अंकित हो जायेगी…जिस तरह उस के मन में चारू के मन का रूप अंकित है।

कहानी 'गाँजे की कली' मध्य प्रदेश की जिस 'अधनियां' पर मैनें लिखी थी, उसे मैंने एक बार देखा था, पर जाना उसके देवर अमोलक सिंह से। कहानी के पंजाबी ठाकुर अमोलक सिंह के बड़े भाई थे। वहां की भाषा भी, जितनी भर कहानी के लिए जरूरी थी, वह भी मैंने अमोलक सिंह जी से सीखी थी। कहानी छपी तो उन्होंने लिखा—

'गाँजे की कली कहानी के मुख्य पात्र मेरे बड़े भाई साहब थे, पर जो घटित हुआ, वह मैंने भाभी से सुना था···कहानी के 'हेमसिंह' की जो विशेषताएं थी 'उन्हें कहानी की मुख्य पात्र ने ही समझा और सुलझाया। सारा ताना-बाना 'गुलबत्ती' का निश्चय है, जिस पहलू को अमृता प्रीतम की लेखनी ने और पुष्ट किया है··· यह कहानी वही लिख सकती थी ··· ।"

गाँजे की कली

"अघनिया ! ओ अघनिया !"

"जा मैं नहीं गुठियाऊँ।"

"काबर नहीं गुठियावे ?"

"तै मोर नाम अघनिया काबर रखे अस ?"

"मैं तोला कै बार बता चुके हों के ते 'अघन' में पैदा होए रहे अस, एकरे सेती तोर दादा तोर नाम अघनिया रख दे रही से, ए मा मोर का कसूर ए?"

"दाई मोला तो ए नाम अच्छा नहीं लगे। अच्छा बता तो, भला जो मैं कहीं जेसठ में पैदा हो जाती तो मोर दादा मोर नाम जेसठी रख दैतीस?"

अघनिया की माँ मन में गुटक उठी। अघनिया उस की बड़की बेटी थी। और वह भी ढलती उमर में हुई थी। वह कई साल पीपलों तले नहाती रही थी। कोई टोना उस ने छोड़ा नहीं था। एक बार किसी अघोरी के कहने पर उस ने अपने आप को शिवलिंग को भी समर्पित किया था। और फिर कहीं जाकर यह बेटी उस की कोख में पड़ी थी। एक तो बेटी लाड़ली और वह भी झलमला गाँव के मालगुज़ार की बेटी। और वह भी क़िस्मतवाली। क्योंकि उस के बाद उस की माँ ने एक के बाद एक तीन बेटे जन्में थे। माँ ने लाड़ से पूछाः

"तोर का नाम रखे के मन ए? जौन नाम तोर मन ला अच्छा लगै तै ओई रख लै। सगुणा नाम तोला अच्छा लागत ए? सगुण···शबरी पोखरी··· मंगली···पर एमन सब नाम तो नीच जातीवाला मन के नाम्थ एं। हमर जाति में तो पुस्कर, राधा, सीता··· ऐसना नाम अच्छा लगे।"

"ना दाई ना! मोर तो गुलबत्ती नाम रखे के मन एं। एई नाम मोला खूब अच्छा लागत ए।"

"तो जा नारियल ले के मन्दिर में चढ़ा आ, पुजारी जी ला कही आज ले मैं आपन नाम गुलबत्ती रख लै हो।"

अघनिया उर्फ़ गुलबत्ती खुशी से मचल उठी और दोनों बाँहें माँ के गले में डालकर कहने लगीः

"देख दाई, तैं आज मोर एक और बात ला मान ले, बता तो मानवे ना?"

"लै लै, मोर गला ला तो छोड़! तैं जौन बात कवे ओई ला मैं मान लूं।"

"ओ जो दादा टीपा में सौफिया दारू रखे एंना, ओमा के थोडकुन मोला दे दे, आज मोर पिए के अडबड मन ए।"

"चल हट! देख तो एकर बात ला, काल के छोकरी अऊ दारू पिए बर मांगत ए, कौनो सुनी तो का कही?"

"लै अब मैं बारह साल के तो हों गये ओं।"

"बारह साल के हो गये अस तो कौन मार तैं जवान हो गये अस, दारू पिए वर···दारू पिए वर करत ए, जाना जा के खेत मन ला, देख सब तो खेता होत ए···ओती दादा दारू में, जूआ में उड़ात ए, ओती नौकर मन सब कुछ खांवजात ए।"

"तै फिकर झन कर, मैं सब देख लूं, अब तो मैं बड़े हो गये ऊं।"

"बड़े हो गये अस तो तैंवरै सेती तो तोर दादा तोला घर से निकालत।"

"मोर दादा मोला घर से निकाली?"

"हां, अब तो तोर ब्याह के सब बात पक्का हो गये हुए।"

अघनिया से अभी अभी बनी गुलबत्ती के मन में एक घबराहट-सी उठी। वह नारियल की बात भी भूल गयी और दारू की भी। कमर में बंधी हुई चांदी की करधनी जैसे उस के गले में लिपट गयी। और वह खुलकर सांस लेने के लिए एक ही झटके से करधनी उतारकर बाहर कंवल फूलों के तालाब की ओर चल दी।

गुलबत्ती को लड़कियों के साथ मिलकर आंखमिचौनी खेलना बिलकुल पसन्द नहीं था। वह जब गांव के जवान लड़कों को 'डुडुया! कबड्डी!' खेलते देखती थी तो वह भी सांस रोककर 'डो-डो' करती हुई उन की जवानी के बराबर उतरना चाहती थी। पर गुलबत्ती हमेशा अपनी मां के कहने में रहती थी, उस की मां ने उसे लड़कों के साथ खेलने से मना किया हुआ था, इसलिए गुलबत्ती ने अपने मन को एक लगाम डाली हुई थी—आज जब वह तालाब की ओर जा रही थी, मन्दिर के पीछे कितने ही कुर्मी लड़के डुडुया खेल रहे थे—गुलबत्ती को लगा कि आज उस के मन की लगाम टूट जायेगी। 'यों तो जवानी सब की खूबसूरत होती सै,' वह सोचने लगी, 'पर चमरों (चमारों), राउतों (माशकियों) और

पनकों (जुलाहों) के लड़कों से कुर्मी लड़के बड़े तीखे तने होते है,' गुलबत्ती सोचने लगी, 'शायद इसलिए कि वे मछलियों को पकड़ते हुए पानी में मछलियों की तरह तैरना भी जानते हैं।'

गुलबत्ती कुछ देर तक जवान कुर्मी लड़कों के तेल से चुपड़े हुए बदन देखती रही। उन की बांहों में मछलियां फड़क रही थीं। और गुलबत्ती को लगा कि अगर वह भी डो-डो करती हुई उन के पास खेलने चली जाये तो वह इन लड़कों की बांहों में से मछलियां पकड़ सकती थी।

शिवाले का घण्टा बजा और गुलबत्ती ने देखा कि उस की सहेली सोनिया मन्दिर से प्रसाद लेकर बाहर निकल रही थी। गुलबत्ती को नारियल की बात याद हो आयी और लड़कों की बांहों में से मछलियां पकड़ने की बात भूल गयी।

गलबत्ती ने सहेली को साथ लेकर मन्दिर में नारियल चढ़ाया और शिव की मूर्ति के सामने खड़ी होकर अघनिया से पक्की तरह गुलबत्ती बन गयी।

गुलबत्ती बनकर वह खुश थी पर उतनी खुश नहीं जितनी खुश उसे होना चाहिए था। आज मां ने उसे जो विवाह की बात बतायी थी, वह बात उस के दिल में डूब-उतरा रही थी। वह अपनी सहेली को साथ लेकर जब कंवल फूलों के तालाब की ओर गयी तो फूलों की नीली और गुलाबी आभा उस के कलेजे में घिर उठी। गुलबत्ती की सहेली गुलबत्ती से दो साल बड़ी थी। वह कभी-कभी एक गीत गाया करती थी जो गुलबत्ती की समझ में कभी नहीं आया था। आज गुलबत्ती ने उसे वही गीत गाने के लिए कहा—

घर ला फोड़े के बनाये हों कुरिया,
तोर मया के मारे जाओं नहीं दुरिया।

सहेली ने आज जब यह गीत गाया तो गुलबत्ती को लगा कि आज यह गीत उस की समझ में आ गया था। उसे लगा कि कंवल फूलों की नीली और गुलाबी आभा थी जिस की माया उस के मन को लग गयी थी। वह इस माया की मारी कहीं दूर नहीं जा सकती थी और शायद इसी लिए विवाह की बात से उस का मन घबरा रहा था।

गुलबत्ती का बाप इस झलमला गांव का मालगुज़ार था—कचकौलप्रसाद पुष्करणा। गांव में कोई सौ घर होंगे। ये सभी कुर्मियों, पनकों और नीची जातिवालों के घर थे। पुष्करणों के केवल चार घर थे और उन में से भी कचकौलप्रसाद का एक घर था जो पक्का बना हुआ था, बाक़ी सभी खपरैलें थीं।

कचकौलप्रसाद को ढलती आयु में औलाद हुई थी। अब चाहे इस बड़की बेटी के अलावा उस के घर तीन बेटे थे, पर तीनों बेटे अभी बहुत छोटे थे: एक तो अभी पालने में था। कचकौलप्रसाद को कामकाज संभालने के लिए सहारा चाहिए था, इसलिए वह चाहता था कि अपनी बेटी को किसी समझदार आदमी से ब्याह कर अपना सहायक बना ले।

झलमला गांव से कुछ कोस के फ़ासले पर चण्डीपारा गांव था। इस चण्डीपारे का मालगुज़ार रंगीलाल कचकौलप्रसाद के मिलने-जुलनेवालों में से था। कई बार वे नशा-पानी एक साथ करते थे। रंगीलाल की औरत जब मर गयी तो कचकौलप्रसाद ने इस मौके को जाने नहीं दिया। रंगीलाल कचकौलप्रसाद जैसा बड़ा मालगुज़ार नहीं था, पर कचकौलप्रसाद जानता था कि वह कारोबार में उस से भी बढ़कर था। बीस साल आयु का अन्तर कचकौलप्रसाद की दृष्टि में कोई बड़ा अन्तर नहीं था। उस ने गुलबत्ती की सगाई रंगीलाल से कर दी।

अकस्मात् गुलबत्ती ने देखा कि एक दिन उस के पैरों को महावर लगने लगा। घर के आंगन में शामियाना लगा और गांव की औरतें गुलबत्ती के इर्द-गिर्द घेरा डालकर गाने लगी—

ऐ बेरा कौन जगी
जगी तो दुलहन छोरी
ऐ बेरा कौन जगी।
दलहन जगी तो काहे जगी
गोरी नहाये तो काबर नहाये
गोरी घर दूल्हा के जाये ऐ
बेरा कौन जगी!

गुलबत्ती की भांवरें पड़ी। महीने भर में उस का गौना हुआ, उस की

पठौनी। पठौनी की रात गुलवत्ती ने देखा कि एक जो अधेड़ उमर का काला कंकाल-सा आदमी बैठक में बैठकर दोंनों तलियों में गांजे की कलियां मसलकर गुड़गुड़ी पी रहा था वह उस का ख़ाविन्द रंगीलाल था। उस का दूल्हा। जिस के लिए वह मल-मल नहायी थी, और जिस के लिए गांव की औरतों ने गीत गाये थे, 'गोरी नहाये तो काबर नहाये, गोरी घर दूल्हा के जाये'।

"रौतायन! ओ रौतायन! चूल्हा ले थोउकुन आगि तो ला!" गुड़गुड़ी पीते हुए रंगीलाल ने महरी को जब एक बार आवाज़ दी सो गुलबत्ती को जाने क्यों यह ख्याल आया कि वह गांजे की एक कली थी, नशे की एक कली, जिसे इस रंगीलाल ने सारी उमर अपनी तलियों में मसलकर अपनी गुड़गुड़ी की आग में फूंकना था। गुलबत्ती का मन डूबने लगा। वह किसी के मन की आग में जलना जरूर चाहती थी, किसी का नशा भी बनना चाहती थी पर जाने क्यों उस का कलेजा छीज रहा था कि वह इस रंगीलाल की गुड़गुड़ी में जलने के लिए नहीं बनी थी।

उस ने एक-एक कर कई जवान कुर्मी युवकों की कल्पना की। पर किसी भी देखे हुए और परिचित चेहरे का उसे ध्यान न आया। शायद इसलिए कि उस की मां ने उसे आरम्भ से ही चेता दिया था कि कुर्मी युवक बहुत नीची जाति के थे, और गुलबत्ती हमेशा अपनी मां के कहने में रही थी। गुलबत्ती को न कोई कुर्मी युवक याद आया और न कोई और। पर उस का मन उस से पूछ रहा था कि यह रंगीलाल किस जाति से था। पर फिर उस का मन उसे खुद ही कह रहा था कि यह रंगीलाल चाहे कितनी भी ऊंची जाति का हो, उस की अपनी जाति से मेल नहीं खाता।

समाज की बनायी हुई जाति मेल खा गयी, पर गुलबत्ती के सपनों से सपनों की जाति न मिली, और गुलबत्ती रंगीलाल की गुड़गुड़ी में गाँजे की कली की तरह सुलगने लगी। सुलगती को एक-एक कर पाँच वर्ष हो गये।

हर साल की तरह इस साल भी धान के खेत लहलहा उठे। रौताही का त्यौहार आया। मुजारों के गीतों से धरती गुनगुना उठी—और हर साल की तरह इस साल भी गुलबत्ती सूनी आँखों से यह सब कुछ देखती रही। फिर फ़सलों की कटाई हुई। वर्षा ऋतु आ गयी और मोजली का त्योहार आ गया। औरतों

ने थालियों में जौ बोये और हरियायी थालियों में दिये जलाकर मन्दिरों में चढ़ा आयीं।

गुलबत्ती की महरी सोगिया बात बात पर चहक उठती थी। वह ज़बरदस्ती गुलबत्ती को रंगीला 'लुगड़ा' पहनाती, उस की कुरती पर कौड़िया टांक देती और आती-जाती उस के मन को कचोट जाती। इस बार भी माँडली के मेले पर जाने का गुलबत्ती का मन नहीं था, पर सोगिया ने उस का प्यार से सिंगार किया और हठ ठानकर उसे मेले में ले गयी।

मेले में तरह-तरह की चीजें थी। कलकत्ता अधिक दूर नहीं पड़ता था। कई बनजारे शहरों की सौग़ातें लाये थे। गुलबत्ती साबुन की खुशबूदार टिकियों को सूँघती रही; तरह-तरह के मोतियों की मालाएँ देखती रही। दो मालाएँ उस ने खरीदीं भी। पर मेले में घूमते एक फेरीवाले ने उस के मन को विचलित कर दिया, जिस से खीझकर उस ने सोगिया से कितनी बार कहा कि वह मेला देखते-देखते थक गयी है इसलिए अब वह घर लौटना चाहती है।

फेरीवाला छरहरे बदन का बाँका जवान था। पर वह इतना गोरे रंग का था कि उस का परदेशी होना गलबत्ती को खल रहा था। उस की आँखें शोख भी लगती थीं और शर्मीली भी। उस ने कितनी ही बार गुलबत्ती के मुख की ओर देखते हुए होंका लगाया, "कुरती जम्पर वर, कपड़ा ले लो, धोती ले लो, लुगड़ा ले लो।" पर जब गुलबत्ती नज़र भरकर उस की ओर देखती थी तो वह अपनी आँखें झुका लेता था। गुलबत्ती चाहती तो कपड़ों की गठरी खुलवाकर जितनी देर मन में आता देखती रहती, पर वह गठरी खुलवाकर कपड़े देखने की जगह उस से आँखें चुराने लगी। आँखे चुराते हुए उस ने कितनी ही बार रास्ता बदला। पर जाने यह किस्मत का कौन-सा छल था, कि गुलबत्ती का बार-बार उस फेरीवाले से सामना हो जाता। आख़िर में वह घबराकर मेले से लौट पड़ी। इस बार जब फेरीवाला लौटती हुई गुलबत्ती के सामने पड़ा तो उस के मुँह से अनायास निकल पड़ाः

"ठाकुर कौन गाँव के अस?"

"नरिएरा के।" फेरीवाले ने चौंककर जवाब दिया।

“कौन देश से आये अस?” गुलबत्ती फिर पूछ बैठी।

“पंजाब ले।”

“कतन दूर ए इयाँ ले?' गुलबत्ती के मुँह से यों आहिस्ता से निकला जैसे वह मन ही मन में ये दूरी नाप रही हो।

“खूब दूर पड़त ए।”

‘खूब दूर पड़त ए?’ गुलबत्ती होंठों में इन गिनती के अक्षरों को दोहराती मेले में से लौट आयी।

घर लौटकर आयी गुलबत्ती ने जब रसोई की, और फिर बाहर आँगन में दीया जलाया तो उस ने बाहर चौंककर देखा कि सामने मन्दिर के बरामदे में वही फेरीवाला चटाई बिछाकर बैठा हुआ था और उपलों की आग जलाकर अपने लिए रोटी सेंक रहा था। गुलबत्ती जल्दी से बाहर का दरवाजा भिड़ाकर चौके में लौट आयी और अपने उखड़े हुए मन को भुलाने लगी।

उस दिन तो नहीं पर दूसरे दिन गुलबत्ती की रौतायन ने टकटकी बाँधकर गुलबत्ती की ओर देखा और फिर हँसकर पूछने लगी, “नोनी! आज तैं कैसे चुपे के चुपे अस? काल मेला में कुछ गँवा तो नहीं आये अस?”

“मेला में?” गुलबत्ती ने हैरान होकर सोगिया की ओर देखा, पर आगे न कुछ महरी ने कहा और न गुलबत्ती ने बात को बढ़ाया।

महरी जब सन्ध्या समय अपने घर चली गयी तो गुलबत्ती ने बाहर का दरवाजा भिड़काते हुए मन्दिर के बरामदे की ओर देखा। वही फेरीवाला आज फिर उपले जलाकर रोटी सेंक रहा था। गुलबत्ती आज फिर जल्दी से चौके में लौट आयी मन को सँभालने के लिए होंठ दाँतों में काटने लगी।

बाहर के दरवाजे पर आहट हुई। महरी जाने क्यों लौट आयी थी फिर और हँसकर गुलबत्ती से पूछ रही थी, “नोनी! आज कौन चावल राँधे अस? खूब खुशबू आवत ए।”

"क्यूँ तोर खाये के मन ए का? आज मैं तो तिलकस्तूरी चावल राँधे हों।"

"ए नोनी! हमर एसन भाग कहाँ, हमन लाइ तो गुरमटिया हो तिलकस्तूरी ए।"

"चल आज तो खा के देख ले। रामकेलिया के साग औ राहर के दाल के साथ तिलकस्तूरी चावल कैसना मिठात ए?"

"ए दाई, तैं अतन कुछ राँधे अस, तोर घर के सामने जौन पंजाबी ठाकुर पड़े ए, ओ लो सुक्खा बाटी खात ए।"

"मोला का करना।" गुलबत्ती ने एक लापरवाही से कहा। पर उस का दिल जोर-जोर से धड़कने लगा।

सौगिया हँस उठी और कहने लगी, "अच्छा तो नोनी थोड़कुन आमा के अथान ही दे दे, मैं ओ बेचारा ला दे लाओं।"

"चल कुटनी! तोर आपन खाये के मन होई ना?"

"नहीं नोनी! तोर कसम।"

सोगिया क़सम खाती रही, गुलबत्ती हँसकर यही कहती रही कि उस का अपना मन था अचार खाने को। वह यों ही पंजाबी ठाकुर का बहाना बना रही थी। पर साथ ही गुलबत्ती ने एक कटोरी में आम का अचार डाल दिया। एक में अरहर की दाल, और एक ढकने में तिलकस्तूरी चावल।

कई दिन बीत चले। फेरीवाले ने मन्दिर के बरामदे में डेरा लगा दिया। दिन भर वह इस गाँव में कपड़ा बेचता। रात को इस मन्दिर के बरामदे में लौट आता। रोज उपले जलाता, गेहूँ का आटा मलकर उस के पेड़े बनाता, उस में घी भरता और उन्हें उपलों की आग पर सेंक लेता। रोटी बनाने का यह ढंग पंजाबी नहीं था। और इस पंजाबी यात्री ने मध्यप्रदेश की छत्तीसगढ़ी भाषा की तरह ढंग भी सीख लिया था। और इस तरह वह रोटी जिसे मध्यप्रदेश की भाषा में बाटी कहते हैं, सेंक लेता। गुलबत्ती की महरी ने रोज़ उसे दाल, सब्जी या अचार देने का नियम बना लिया था।

"कसे सोगिया तोर फेरीवाला ठाकुर के का हाल-चाल ए? आजकल तो तोर-ओकर खूब पटत ए, कभी अथान ले जात अस, कभी साग ले जात अस, ए का रंग-ढंग ए?"

एक दिन गुलबत्ती ने महरी को चुटकी भरी।

सोगिया ने हँसकर ऐसी नज़रों से गुलबत्ती को देखा कि गुलबत्ती को लगा यह नज़र गहरे तक उस के मन में झाँक गयी थी। गुलबत्ती ने खुद ही सोगिया से मजाक किया था, खुद ही लजा गयी। सोगिया का साहस बढ़ा। कहने लगी, 'हमन ला तो मालिक के मन ला देखना पड़त ए।"

"मोर मन?" गुलबत्ती न घबराकर पूछा।

"तैं घबरा काबर गये अस नोनी? तो मन के बात, मोर मन के बात ए। मोर जी छट जाई, तो छूट जाई, पर तोर वर तो मोर जान भी हाजर ए।"

सौगिया ने यह बात जाने कितने सच्चे दिल से की थी। गुलबत्ती का मन स्नेह के सेंक से पिघल गया और मोटे-मोटे आँसू उस की आँखों में भर आये।

"तोर दुखा ला मैं जानत ओ नोनी, तोर दादा तोला चण्डीपारा में ब्याह के भारी गलती करी से।"

गुलबत्ती को महिरम झिल गयी। गुलबत्ती की ज़िन्दगी में यह पहली रात थी जिस रात उस ने अपने मन में खुलकर सोचा कि—उस की ज़िन्दगी अगर गाँजे की कली थी तो वह इस पंजाबी ठाकुर की तलियों में मसली जाकर उस की उप की आग में सुलगना चाहती थी। वह एक तीखा नशां बनकर इस गोरे, चिट्टे और सुकुमार युवक की आँखों में चढ़ जाना चाहती थी, वह ··· गुलबत्ती आगे सोचती-सोचती काँप भी गयी और झूम भी गयी।

दूसरे दिन प्रातः काल गुलबत्ती ने घर के पीछे बने कँवल फूलों के तालाब पर जाकर बहुत-से फूल तोड़े और थाली में डालकर मन्दिर में ले गयी। मन्दिर के बरामदे में से गुज़रते हुए गुलबत्ती ने पंजाबी ठाकुर को जी भरकर देखा और आज से पाँच साल पहले की एक छोटी-सी बात उसे बहुत याद आयी।—आज

से पाँच साल पहले, जिस दिन उस ने अघनिया से अपना नाम गुलबत्ती रखा था और अपनी सहेली सोनिया को लेकर कँवल फूलों के तालाब पर गयी थी, उस दिन जब उस की सहेली ने गाया था, 'घर ला फोड़के बनाये हों कुरिया, तोर मया के मारे जाओं नहीं दुरिया,' और उस दिन उसे लगा कि कँवल फूलों की नीली और गुलाबी आभा की उसे माया लग गयी थी। वह वास्तव में कँवल फूलों की माया नहीं थी, वह इस आनेवाली घटना की परछाईं थी। वर इस पंजाबी ठाकुर की कँवल फूलों जैसी मोटी और काली आँखों की माया थी···

पंजाबी सरदार ने बड़ी तरसी हुई आँखों से गुलबत्ती की आँखों का हुँकारा भरा जैसे कह रहा हो, 'माया तुझे तो नहीं लगी सुन्दरी! माया तो मुझे लग गयी तुम्हारी—देख मैं कितने दिनों से तुम्हारे घर के आगे धूनी लगाकर बैठा हूँ।'

पंजाबी सरदार हेमसिंह से गुलबत्ती का मन मिल गया। सोगिया के बग़ैर और चांद-तारों के बग़ैर इस बात की ख़बर किसी को न हुई। पर गुलबत्ती जानती थी कि वह खुशबू अधिक देर गाँठ में बाँधकर नहीं रखी जा सकती थी। इसलिए एक रात गुलबत्ती ने हेमसिंह के हाथों का सहारा लेकर चण्डीपारा गाँव छोड़ दिया।

रात गुजरनी थी, गुज़र गयी। पर चण्डीपारे का दिन नहीं गुजर सकता था। रंगीलाल ने पहले अपना गाँव ढुंढ़वाया। फिर गुलबत्ती के बाप कचकौलप्रसाद को साथ लेकर आसपास के गाँव ढुंढ़वाये और अगली रात ढलने से पहले नरिएरा गाँव में उस ने गुलबत्ती और हेमसिंह का पता पा लिया।

एक ओर चण्डीपारेवाले और झलमला गाँव के लोग थे और दूसरी ओर नरिएरे के। नरिएरेवालों का कहना था कि उन के गाँव में जो भी कोई औरत सहारा लेने के लिए आयी थी, वे उसे ज़रूर सहारा देंगे। दोनों गाँवों के मुखिया मिल बैठे और बात को लड़ाई-झगड़े से बचाने के लिए उन्होंने पंचायत बाँध ली। गुलबत्ती ने हेमसिंह का हाथ पकड़ा! भरी पंचायत में बैठकर अपने हाथों की चूड़ियाँ तोड़ दी और रंगीलाल से कहने लगी, "ले ए पड़े ए तोर चूड़ी, आज ले तोर मोर कोई रिश्ता नहीं ए।"

पंचायत ने हेमसिंह को दो सौ रुपये का दण्ड दिया और रंगीलाल को दो सौ रुपया दिलवाकर गुलबत्ती हेमसिंह के साथ कर दी।

हेमसिंह की खपरैल में जब गुलबत्ती ने पंचायत की ओर से सुर्ख़रू होकर चूल्हा जलाया तो उस के अंगों में से खजूर के चीर खाये हुए तने से बूँद-बूँद बहती ताड़ी की तरह मस्ती टपक रही थी।

उस रात, और हर रात जब गुलबत्ती हेमसिंह की बांहों में सोती थी, तो उसे एक ही ख़याल आता था कि वह गाँजे की कली थी जो हेमसिंह के साँसों की आग में सुलगकर पूरी नशा बन गयी थी। वह जी भरकर हेमसिंह की आँखों में देखती। उस की आँखों में एक बावलापन होता और वह सोचती, यह उसी के नशे की गुलाबी धारियाँ थीं। और वह सोचती कि उस की निष्फल जाती ज़िन्दगी सफल हो गयी थी।

तीन महीने बीत गये। एक दिन बैठी-बैठी गुलबत्ती के अन्तर से एक ललक उठी, 'को जाने का बात ए आज मोर मन बीह खाये वर करत ए' और गुलबत्ती ने जब तक तीन बड़े-बड़े अमरूद न खा लिये उस का मन अमरूदों में भटकता रहा। एक दिन, दो दिन, और फिर गुलबत्ती का मन शकरकन्दी खाने के लिए मचलने लगा। गुलबत्ती ने शकरकन्दी भूनी और पेट भरकर खायी। अगले दिन गुलबत्ती हैरान थी, 'आज मोर जोदरी खाये के मन ए।' और गुलबत्ती ने दूधिया भुट्टे भूनकर खाये। घर में झोना परागी चावल भी पड़े हुए थे और लुंचई चावल भी, पर गुलबत्ती के अन्तर से उठकर उस की नाक को दुबराज चावलों की खुशबू चढ़ गयी थी। चावलों के माँड़ से उसके मन को उबकाइ आ रही थी। उस ने प्याज भूनकर दुबराज चावलों का पुलाव पकाया। साथ तेल में मछली भूनी और उस का मन खिल उठा। 'आज मोर समझ में आयी सै। मैं भी कहूँ कैसे मोर मन खाये-खाये कर करत ए।' और गुलबत्ती मटक-मटक उठी कि आज जब हेमसिंह रात को घर आयेगा तो वे दोनों मिलकर अपने आनेवाले बच्चे की बातें करेंगे।

हेमसिंह फेरी लगाकर अभी घर नहीं लौटा था, मालगुज़ार के घर से एक आदमी ने आकर एक ख़त दिया। हेमसिंह को पहले भी कभी-कभी अपने गाँव से अपने माँ-बाप का ख़त आया करता था और हमेशा मालगुज़ार के पते पर आता था। गुलबत्ती ने खत को संभालकर रख दिया और बाहर दहलीज में बैठकर हेमसिंह की राह देखने लगी—आज वह मन में हेमसिंह के लिए दोहरी खुशी लेकर बैठी हुई थी।

हेमसिंह की झलक वह घने कुहासे में भी पहचान लेती थी। आज तो अभी साँझ झीनी झीनी थी। उस ने सामने खेत की मेंड़ पर से आते हुए हेमसिंह को देख लिया। ख़ुशी की एक लहर उस के मन में उठी और वह सोचने लगी कि वह हेमसिंह को पहले कौन-सी बात बतायेगी। बच्चेवाली बात बहुत बड़ी थी। और बड़ी बात हमेशा अन्त में खोली जाती है··· गुलबत्ती ने सोचा, और अन्दर से ख़त लाकर अपने आँचल में छिपाती वह आगे उलझकर हेमसिंह से मिली।

"तोर वर एक ठो चीज़ लाये हों, बता तो भला का ए?"

"महूँ तोर वर एक ठन चीज़ लाये हों। मोर सऊँ बदली कर ले।"

पहले तो गुलबत्ती ने हेमसिंह को बनाया और कहने लगी, "पहले मोर मन के साथ आपन मन के बदला-बदली कर ले।"

पर जब हेमसिंह ने गुलबत्ती को अपनी बाँहों में लेकर कहा, "ओ तो कब के हो चुके ए। अब मैं ओ नया मन कहाँ ले लाऊँ" तो गुलबत्ती ने आँचल में छिपाया हुआ ख़त हेमसिंह को दे दिया और हेमसिंह से मेंगरे के फूल लेकर अपने बालों में टाँकने लगी।

हेमसिंह ने ख़त पढ़ा और उस के माथे पर पसीने की बूँदे झलक आयीं। गुलबत्ती ने जल्दी से हेमसिंह का हाथ थामा और अपनी खपरैल में चले आये। पर हेमसिंह का मुख इस तरह हो आया था जैसे भरे दरिया में उस के हाथ से चप्पू छट गया हो। गुलबत्ती ने महुए की शराब कसोरे में डाली और कसोरा हेमसिंह की ओर बढ़ाती हुई कहने लगी, "ए मा घबराये के का बात ए? जितना पैसा की तोला ज़रूरत होई, मैं देहों।"

पिछले दिनों हेमसिंह को जब गलबत्ती के बदले इकट्ठे दो सौ रुपये देने पड़े थे तो उसका हाथ तंग हो गया था। उस ने बताया था कि पीछे पंजाब में उस के बूढ़े-माँ-बाप उसी के सहारे थे। वह उन्हें हर महीने कम से कम डेढ़ सौ रुपया भेजा करता था, तो गुलबत्ती ने एक रात अपने बाप से चोरी अपनी माँ से हेमसिंह को दो सौ रुपये ला दिये थे। इसलिए अब भी गुलबत्ती ने यही सोचा कि हेमसिंह को रुपये की ज़रूरत आ पड़ी थी।

हेमसिंह की आँखों से आँसू बह निकले और वह गुलबत्ती के मुँह की ओर बड़ी ऋणी आँखों से देखने लगा। गुलबत्ती घबरायी भी, पर घबराहट की अपेक्षा वह दिल थामकर तन बैठी। उस का मन हेमसिंह के हिस्से की हिम्मत भी अपने पास से जुटा रहा था। धीरे-धीरे हेमसिंह ने मन की बात कही। और उस ने गुलबत्ती को जो प्रेम किया था वह प्रेम सच्चा था। पर वह एक बहुत बड़ा झूठ बोल बैठा जो उस ने गुलबत्ती को यह नहीं बताया था कि पीछे गाँव में उस की एक औरत भी थी और एक बच्चा भी। और आज उस की औरत का मिन्नत-भरा ख़त आया था कि उन का इकलौता बेटा मोटर के नीचे आ गया था और अब वह अस्पताल में पड़ा हुआ था। और उस की औरत ने दुहाई दी थी कि वह घर लौट आये।

हरी टहनी जैसी गुलबत्ती एक पल भर में झुर गयी। बोली कुछ नहीं, केवल हेमसिंह के मुँह की ओर देखती रही। देखते-देखते उस के मन में आया कि उस की सूखे पत्तों जैसी जान अपनी आग से आप ही जल उठे। वह भी जलकर राख हो जाये और उस की डाल पर बैठा हुआ यह पंछी भी जलकर राख हो जाये।

उदासी का एक सियाह बादल गुलबत्ती के मन में उठा और अँधेरी रात जैसे इस बादल को गुलबत्ती के मन में आयी एक बात बिजली की तरह चीर गयी। गुलबत्ती का सारा बदन बिजली की तरह चमका और बिजली की तरह काँपा। उस ने बिजली की लकीर की तरह हेमसिंह की ओर देखा और कहने लगी, "मो तोला एक ठन बात बतात हों।"

"का ?"

"मोर बच्चा होई लागत ए।"

हेमसिंह चकित रह गया। उस ने सोचा कि चाहे वह गुलबत्ती को पंचायत के सामने अपनी औरत बनाकर उसे पूरे अधिकार दे चुका था, पर इस समय गुलबत्ती ने अपने अधिकारों को और पक्का करने के लिए शायद बच्चेवाली बात अपने मन में गढ़ ली थी।

"सच कहत अस ?"

"मैं तोला सच कहत हों, ठाकुर! जोन दिन मैं तौर घर आये रहऊँ मोला बिलकुल मालम नहीं रही से कि मोर घर में कुछ होने वाला है···"

"तोर कहे के मतलब ए कि ए बच्चा रंगीलाल के हैवै?"

"हाँ।"

हेमसिंह के मन से एकबारगी सारा भार उतर गया। उस ने सुर्ख़रू होकर गुलबत्ती की ओर देखा। पहले तो गुलबत्ती के मन में धरती को कंपा देनेवाली बिजली की कड़क उठी, पर फिर यह कड़क उसके मन के सूने आसमानों में ही खो गयी। और गुलबत्ती ने शान्त होकर हेमसिंह को गाँव लौटने के लिए तैयार कर लिया। अपने बारे में उस ने यही कहा कि वह रंगीलाल के पास लौट जायेगी और उसके बच्चे को उस के बाप के घर जन्म देगी।

हेमसिंह को रात की गाड़ी से गाँव भेजकर गुलबत्ती ने वह रात नरिएरा गाँव में ही काटी। रात का चौथा पहर था जब वह झलमला गाँव के लिए चल पड़ी।

गुलबत्ती से भी पहले गुलबत्ती की बात गाँव में पहुँच गयी थी। हेमसिंह जाते हुए नरिएरा गाँव मालगुज़ार को मिलकर गया था। उस ने मालगुज़ार को यह बात बतायी थी और उस ने यह बात रातों-रात गुलबत्ती के बाप को पहुँचा दी थी।

गुलबत्ती जब झलमला गाँव में पहुँची, बाप का मुख खिंचा हुआ था, पर गुलबत्ती की माँ ने उसे गले से लगा लिया और उस का दिल बहलाने लगी।

गिनती के तीन दिन निकले थे कि कचकौलप्रसाद ने रंगीलाल को बुला भेजा। रंगीलाल ने कुछ हेकड़ी तो दिखायी पर मन से शायद वह खुश था। उस ने कचकौलप्रसाद के घर आकर दारू-पानी पिया और गुलबत्ती को फिर से अपने घर डालने के लिए मान लिया। गुलबत्ती पहले अपने बाप से उलझी, फिर रंगीलाल के सामने जाकर तन गयी, "तोर सच कहत हों, ए तोर नाहै।" और उस ने रंगीलाल के घर बसने से इनकार कर दिया।

माँ हैरान थी। सारा गाँव हैरान था। पर गुलबत्ती के लिए जैसे कुछ हुआ ही नहीं था। उस ने धैर्य से माँ की सयानी बेटी की तरह माँ का चौका-चूल्हा सँभाल लिया और बाप के सयाने बेटे की तरह बाप के खेतों का काम संभाल लिया और अपने मन को समझा लिया कि हेमसिंह की आँखों में दिखते कँवल फूलों की जो माया उस के मन को लग गयी थी वह वास्तव में हेमसिंह की आँखों की माया नहीं थी, वह उस की अपनी कोख से पैदा होनेवाले कँवल फूल जैसे बच्चे की माया थी। और वह बड़ी उत्सुकता से अपने बच्चे के जन्म का इन्तजार करने लगी।

गुलबत्ती के मन की गहराई किसी ने न पायी। गाँव की औरतें और गाँव के मर्द कुछ इधर-उधर की चर्चा करते—खेतों की कटाई की बात कर सकते थे और मामले की बात भी कर सकते थे, पर कोई गुलबत्ती की छाती में धड़कते हुए दिल की बात नहीं कर सकता था, गुलबत्ती की कोख में पड़े हुए बच्चे की बात नहीं कर सकता था। केवल एक बार जब उस के बचपन की सखी सोनिया जब ससुराल से आयी, उस ने हिम्मत बाँध ली और गुलबत्ती को कनेरों के तले बैठाकर पूछने लगी :

"गया। एक ठन बात पूछत हो बतावे?"

"पूछ ना। का पूछत अस?"

"ए तोर बच्चा काकर अस ए?"

"मोर ए।"

"एकर दादा कौन ए?"

"मैं ही एकर दाई हों, मैं ही एकर दादा।"

सोनिया की जैसे ज़बान थथला गयी। पर फिर भी उस ने हिया बाँधकर पूछा, "तोर मर्द कौन ए गुलबत्ती?"

"मोर मर्द अबी पैदा नहीं होए ए। जौन बच्चा मोर घर में जनमे, ओई हर मोर मर्द होई। ना तो रंगीलाल मोर सच्चा मर्द ए अऊ ना हेमसिंह। अब मोर सच्चा मर्द मोर पेट ले जन्मे··· मोर बच्चा···मोर मर्द···" और गुलबत्ती एक नशे में झूम गयी। उसे लगा कि वह गाँजे की कली ज़रूर थी पर किसी भी मर्द के पास उसे पाने के लिए दिल की आग नहीं थी। इस कली को पीने के लिए, उसे आग भी अपने दिल में ही जलानी पड़ी थी। कली भी वह खुद थी, आग भी वह ख़ुद थी, पीनेवाली भी वह ख़ुद थी।

दो बरस बाद

नेपाल में कुमारी पूजा का एक लम्बा इतिहास है, जिसमें पूजा के लिए वह लड़की चुनी जाती है, जिसमें सौन्दर्य के बत्तीस लक्षण हो। तब उसकी उम्र सात वर्ष होती है। वहाँ का राजा रोज़ कुमारी पूजा के बाद राजकाज को संभालता है। लेकिन वह तभी तक पूजा के आसन को ग्रहण कर सकती है जब तक जवान नहीं होती। उसके जवान होते ही नई कुमारी चुन ली जाती है। और इस तरह यह सिलसिला चलता है—और जो लड़की एक बार कुमारी पूजा के आसन पर बैठ जाती है, वह फिर जिन्दगी भर ब्याह नहीं कर सकती···

यह कैसा वरदान है और कैसा अभिशाप, इसी को ले कर मैंने एक कहानी लिखी थी˷ 'पिघलती चट्टान'

हमारा अचेतन मन हमारे चेतन से किस तरह खेलता है, उसे अपनी कुछ खबर नहीं होने देता, यह सब मैंने कहानी लिखने के दो बरस बाद जाना जब मेरी जिन्दगी का रास्ता टूट कर दो दिशाओं में चल दिया। एक रास्ता मौत की ओर जाता था, और दूसरा उस ज़िन्दगी की ओर जहाँ कदम कदम पर कड़ी मुख़लिफत थी···

तब एक रात नींद में मैं पैंतीस बरस पीछे चली गई, गुजरावाला की उस गली में, जहां एक बार जवान उम्र में गई थी, और मुझे देख कर गली की औरतें देखती रह गई थीं, कहने लगी—"यह क्या, वही चेहरा, वही नक्श, बिल्कुल वही··· "

"वही" से उनकी मुराद मेरे पिता की उस बहन से थी, जो कभी वहाँ रहती थी, और चालीसे काटती बीस वर्ष की उम्र में मर गई थी। सुना—जब उसका ब्याह हुआ था, वह ससुराल में नहीं गई थी। मामा मामी के घर में एक तहखाना था, उसने वहीं पूजा-अर्चना शुरू कर दी, और ससुराल जाने से इनकार कर दिया। वह ब्याह उसके मन का नहीं था। रात को चने भिगो देती, और दिन में वही भीगे चने खाती। और कुछ भी खाना उसने छोड़ दिया था···

और उस रात मुझे अपने सपने में अहसास हुआ कि वह पूर्व जन्म में मैं थी, जिसे मौत का रास्ता लेना पड़ा। और साथ ही अहसास हुआ—इस ज़िन्दगी में फिर

वही वक्त सामने आया है, पर इस जिन्दगी में मैंने वह रास्ता नहीं लेना। इस बार मरना नहीं है, जीना है...

और तभी अपनी ही कहानी की पात्र राजश्री सामने आई, जिसके वंश की एक कुमारी ने मौत का रास्ता अख्तियार किया था, और वह पर्वत के शिखर की चट्टानों को देखती हुई सोचती है—क्या इस रास्ते के सिवा और कोई रास्ता नहीं? क्या हम कुमारियों के लिए यही रास्ता बना है?

वह अजीब सपना था—जिसमें अपने को मैंने अपने पिता की बहन की सूरत में भी देखा और राजश्री की सूरत में भी...

जागी—तो एक कंपन सा बदन में उतर गया—क्या यह कहानी 'पिघलती चट्टान' मैंने अपने को ले कर लिखी थी?

यह कहानी थी 'पिघलती चट्टान' जिसमें मैं अपने को पहचान पाई, पर कहानी लिखने के दो बरस बाद...

पिघलती चट्टान

रात का चौथा पहर था। शायद अभी चौथा भी नहीं था, क्योंकि स्वयंभू पर्वत के शिखर पर बने हुए मन्दिर में पूजा करने वाले लोग चौथे पहर इस रास्ते पर

चलने लगते थे; लेकिन अभी इस पगडण्डी पर राजश्री के सिवा कोई नहीं था।

पथरीली चट्टानों को चीरती हुई यह पगडण्डी और इस पगडण्डी से बातें करते हुए राजश्री के पैर···

राजश्री को लगा जैसे इस पगडण्डी की और उसके पैरों की बातें बहुत लम्बी थीं, बहुत पुरानी। शायद दो सौ बरस पुरानी···

पर्वत के शिखर पर बने हुए मन्दिर की चौंध जब राजश्री की आँखों पर पड़ी, उस ने आँखें झपककर मन्दिर की चौंध की तरफ से अपना मुँह परे कर लिया और मन्दिर के पिछवाड़े की तरफ़ बसीगा नदी के तरफ़ पर्वत से नीचे उतरती हुई पगडण्डी पर हो ली···

अब भी पैरों के नीचे स्वयंभू पर्वत की पगडण्डी थी पर चढ़ाई की तरफ़ जानेवाली नहीं, उतराई की तरफ़ उतरनेवाली···

और अचानक राजश्री के पैर एक चट्टान के पास रुक गये, जैसे उस चट्टान को थामकर खड़े हो गये हों···

'मैं कहाँ जा रही हूँ?' राजश्री का दिल ज़ोर से धड़का। यह बात उस ने शायद अपने दिल से ही पूछी थी। दिन ने एक बार बसीगा नदी के उस रास्ते की तरफ़ देखा जो नदी के उस भयानक मोड़ की तरफ़ जाता था जहाँ पानी का प्रवाह हमेशा एक भँवर बना रहता था—और फिर हँसकर कहने लगा, 'वहाँ ही, जहाँ दो सौ साल हुए तुम्हारे वंश की एक कुमारी रत्नराज लक्ष्मी गयी थी···'

राजश्री ने कुछ घबराकर आस-पास की चट्टानों की तरफ़ देखा। ऊपर-नीचे सब तरफ़ चट्टानें थीं—पत्थर की चट्टानें, और वहाँ इस रास्ते के सिवा कोई और रास्ता नहीं था।

उस की आँखों में एक हसरत सी भर आयी—'पैरों के लिए सिर्फ एक ही रास्ता···कोई और रास्ता क्यों नहीं?··· इस पर्वत पर सिर्फ़ एक ही रास्ता क्यों बना?···'

राजश्री की पतली गोरी बाँहें जैसे एक चट्टान की हजारों बरस की नींद से जगाकर कुछ पूछ रही हों। पर वह चट्टान उस की बाँहों को गले से लगाकर भी इस तरह चुप थी जैसे उस के पास कोई उत्तर न हो।

"रकसी !" पथरीले पर्वत में से एक नरम-सी आवाज आयी।

राजश्री ने फूल की एक डण्डी की तरह काँपकर देखा—उस से थोड़ी दूर 'वही' खड़ा हुआ था जिस को वह पूरे चालीस दिन से रोज़ इस पर्वत की परिक्रमा में देखती थी।

"रकसी ! मुझे दो बात करने की तो इजाजत दे दो !" वह, जो परे खड़ा हुआ था, वहीं खड़ा रहा, सिर्फ़ उस की आवाज धीरे से चलती हुई राजश्री के पास आयी।

राजश्री की सफेद धोती का रंग जैसे रात के चौथे पहर में भी गुलाबी-सा हो गया, पर उस ने धोती के सफेद रंग की तरह उदास और ठण्डी आवाज में जवाब दिया—"मेरा नाम रकसी नहीं।"

"मुझे नहीं जानना तुम्हारा नाम क्या है। मैं ने सिर्फ़ यहाँ की रकसी पी है, और मुझे लगता है, तुम इस धरती की रकसी से भी बढ़कर कोई चीज़ हो···"

"रकसी सिर्फ़ चावलों की शराब होती है।"

"पर अगर कोई धरती की मिट्टी की शराब भी हो सकती है, तो वह तुम···"

"मै···"

"तुम्हें देखा, और मैं इस धरती से लौट नहीं सका···"

"तुम···" राजश्री की आवाज रात के चौथे पहर की हवा की तरह और कोमल हो गयी और ठण्डी भी, कहने लगी, "तुम जिस देश से आये हो वहाँ लौट जाओ···नहीं तो···"

"नहीं तो··· ?"

"··· परदेसी !"

"मेरा नाम कुमार है।"

"अच्छा, राजकुमार !"

"मैं राजकुमार नहीं हूँ, सिर्फ एक साधारण कुमार हूँ।"

"पर इतिहास··· " राजश्री कुछ कहते-कहते रुक गयी, पर फिर सवेरे की पवन सरीखी कहने लगी, "तुम्हें पता है मैं कौन हूँ ?"

कुमार ने किसी फूल की पहली खिलती हुई पत्ती की तरह कहा, "इस मिट्टी की बेटी··· इस मिट्टी की शराब !"

राजश्री ने अपनी पीठ को चट्टान का सहारा दे रखा था, पर उसे लगा—इस घड़ी हर सहारे को छोड़ना था। सीधे खड़े होकर, वह तन-सी गयी और बोली, "मैं कुमारी हूँ। तुम्हें पता है हमारे देश में कुमारी क्या होती है ?"

"नहीं।"

"नीचे—काठमाण्डू की वादी में जाकर किसी से पूछो।"

"और किसी से नहीं, जो पूछना है सिर्फ़ तुम से।"

"मैं शाक्यवंशी हूँ, बोधियों के वन्दनीय वंश से, बाँडियों से।"

"फिर ?"

"मेरे वंश में जिस लड़की के रूप में बत्तीस लक्षण हों···"

"वह मैं देख रहा हूँ—तुम मेरे स्वप्नों से भी सुन्दर···"

"पर मेरे वंश में ऐसी लड़की जब सात वर्ष की होती है, कुमारी चुनी जाती है।"

"क्या मतलब?"

"तुम्हें शायद मेरी धरती का इतिहास नहीं मालूम। यहाँ का राजा सिर्फ़ राज का प्रतिनिधि होता था—राज असल में कुमारी का होता था। वह कुमारी घर में रहती थी और राजा उस की पूजा करके राज-काज सँभालता था।"

"पर वह पुरातन समय की बात होगी···"

"हाँ, पर एक तरह से अब भी है। अब भी मेरे वंश की लड़की उस समय तक कुमारी रहती है जब तक वह जवान नहीं होती।"

"फिर?"

"वह जब जवान हो जाती है, कुमारी नहीं रहती। उसकी जगह और कुमारी चुनी जाती है, और देश का राजा अब भी उस की पूजा करता है। कुमारी उस के माथे पर तिलक लगाती है ··· "

"पर तुम···अब···"

अब मैं कुमारी नहीं हूँ, पर कुमारी थी।"

"मेरी मुहब्बत को तुम्हारे अतीत से कोई वास्ता नहीं है··· तुम जो भी थी···"

"पर तुम्हें पता नहीं···एक बात बताऊँ?···मैं आज इतनी रात के समय इस मन्दिर में पूजा करने आयी थी, पर नहीं कर सकी··· ।"

"क्यों?"

"मैं अपने शाक्य वंश के बुद्ध से अपना आप माँगने आयी थी, मेरा अपना आप··· " राजश्री ने चट्टान की तरफ देखा और कहा, "कुमारी एक चट्टान होती है जो पिघलती नहीं, पर मैं···कई दिनों से लग रहा था, जैसे पिघल रही हूँ ··· तुम्हें देखकर··· रोज़ तुम्हें इस पर्वत की परिक्रमा में देखती थी··· " राजश्री कुछ इस तरह उदास हो गयी जैसे सवेरा होने से पहले रात और गहरी हो जाती है।

कहने लगी, "अपना आप अपने हाथों में से छूटता जा रहा है···पर मन्दिर के पास आकर भी मन्दिर के अन्दर नहीं गयी—सोचती हूँ अपने-आप को हाथ में पकड़े रखकर भी क्या करूँगी?"

कुमार के पैर उस के दिल की तरह धड़क उठे। वह कुछ आगे बढ़कर राजश्री के पास खड़ा हो गया। फूल में से आती हुई महक की तरह धीरे से कहने लगा, "कुमारी!"

"कुमारी को सारी उम्र कुमारी रहना पड़ता है···" राजश्री ने अपनी दोनों हथेलियों से अपने मुँह को एकाएक इस तरह ढक लिया जैसे पुरुष की गन्ध में सांस लेने से डरती हो। बोली,"यह कुमारी राज का कानून नहीं है—पर कोई आदमी किसी कुमारी से ब्याह नहीं करता—करें तो मर जाता है।"

"मुझे मरना मंजूर है···" कुमार ने दोनों हथेलियाँ राजश्री की दोनों हथेलियों पर, मानों फूलों की तरह, अर्पण कर दीं।

राजश्री ने काँपकर अपने मुँह के ऊपर से अपने हाथ हटा लिये। कहने लगी, "इस धरती पर पहले शक्ति-राज होता था। श्वेतकाली इस पृथ्वी की रानी थी जब इसपर हमला हुआ था। ज्योतिषियों ने कहा कि श्वेतकाली की बेटी कुमारी के हाथों अगर दुश्मन का जवान लड़का कत्ल हो तब इस धरती की विजय होगी। पर कुमारी ने जब उस हमलावर को देखा—उस को··· उस को··· " राजश्री ने पहाड़ी हवा की तरह काँपकर कुमार के मुंह की तरफ़ देखा, फिर एक चट्टान के पहलू में होकर कहने लगी, "मुहब्बत और दुश्मनी में लकीर नहीं खिंच पा रही थी, पर श्वेतकाली ने अपनी बेटी को हुक्म दिया कि वह उसे कत्ल करे। उस ने कत्ल किया। हमलावर हार गये। कुमारी को देश की रानी बनाया गया, और उस का तख्त जहाँ सजाया गया वहाँ तख्त के नीचे उस आदमी के दोनों हाथ, दोनों पैर, उस का खड्ग रखे गये जिस से उस ने प्यार किया था···।"

कुमार ने धीरे से राजश्री के पैरों के पास ज़मीन पर बैठते हुए अपने दोनों हाथ ज़मीन पर बिछा दिये और बोला, "अगर हर कुमारी की यही शर्त है तो···"

राजश्री ने झुककर कुमार के दोनों हाथ छुए और अपने हाथों से सहारा देकर

उन्हें ऊपर उठाया। कहने लगी, "पर औरत की मुहब्बत राज के सिंहासन से भी बड़ी होती है। उस कुमारी ने राज किया, पर ब्याह नहीं किया। जिसे कत्ल किया था उसे ही याद करती रही। तब से ही कुमारीघर बना और तब से ही यह यकीन है कि कोई कुमारी जिस के साथ भी ब्याह करेगी वह जीता नहीं रहेगा···"

"पर कुमारी! एक समय का सच हर समय का सच नहीं होता···"

"पता नहीं ···" राजश्री ने पर्वत के पिछवाड़े बसीगा नदी की तरफ़ नीचे जाते रास्ते की तरफ़ देखा। कहने लगी, "मेरे वंश में मेरी तरह एक रत्नराज लक्ष्मी हुई थी···मेरी तरह ही कुमारी चुनी गयी, हाथों में राजा के भेजे हुए कंगन उस ने पहने, गले में लाल रंग की चोली, और लाल रंग का लहँगा, माथे पर सिन्दूर का लेप, और फिर जब मेरी ही तरह जवान हो गयी, उस को कुमारीघर से वापस उस की माँ के घर भेज दिया गया—वह कई बरस इस स्वयंभू पर्वत पर घूमती रही, और फिर एक दिन इस पर्वत के पिछवाड़ेवाली नदी में डूब गयी···।"

"क्यों?" कुमार ने थिरकती हुई उँगलियों से राजश्री के कन्धे को छुआ।

"शायद··· शायद उसे भी कोई कुमार अच्छा लगा था···" राजश्री ने कहा और थोड़ा-सा हटकर पर्वत के नीचे उतर रहे रास्ते की ओर देखने लगी। फिर बोली, "दो सौ साल से हमारे पैरों के लिए यही रास्ता बना हुआ है···"

"नहीं ···नहीं ···" कुमार ने आगे होकर राजश्री का हाथ पकड़ लिया।

राजश्री ने एक नदी जैसा गहरा सांस लिया, और कहने लगी, "जब किसी लड़की को कुमारी बनाया जाता है, उस के माथे पर सोने-चाँदी की एक आँख लगायी जाती है—तीसरी आँख! उसे हम दृष्टि कहते हैं। उस में सचमुच कोई शक्ति होती है। उस से मन की ताकत कभी नहीं डोलती। पर अब··· अब इन दोनों साधारण आँखों से और कोई रास्ता दिखायी नहीं देता···।"

कुमार ने आगे होकर और राजश्री को बिलकुल अपने पास करके उस के माथे को चूम लिया, "यह एक मर्द का सारा इकरार—तीसरी आँख!" और कुमार ने राजश्री को नदी की तरफ़ से हटाते हुए कहा, "क्या इस तीसरी आँख से भी और कोई रास्ता दिखायी नहीं देता? जीने का रास्ता···?"

राजश्री ने सामने एक पर्वत जैसे मर्द को देखा, फिर हथेली से उस की छाती को इस तरह छुआ जैसे जीने का रास्ता खोज रही हो। कहने लगी, "जब सात बरस की बच्ची को कुमारी चुनते हैं, पहले सारी रात एक कमरे में जानवरों की खोपड़ियाँ रख के उस लड़की को उस कमरे में बन्द कर देते हैं। जो वह सारी रात न घबराये तो उस को कुमारी चुनते हैं···पर एक समय आता है··· उम्र का तकाजा···जब वही कुमारी अपने-आपसे घबरा जाती है···।"

कुमार ने राजश्री को कसकर अपने गले से लगा लिया—और सवेरे का पहला उजाला हज़ारों चट्टानों के बीच खड़ी हुई एक पिघलती चट्टान को देखने लगा··

अक्षरों की छाया में

अपनी आत्मकथा 'रसीदी टिकट' लिखने से पहले कुछ कह पाना सम्भव नहीं था। ज़िन्दगी के बड़े निजी और नाज़ुक क्षणों की बात जब कोई सीधे अपने नाम से जोड़कर नहीं कर सकता, तब वह उपन्यासों और कहानियों में पराये नामों की छाया में खड़ा हो जाता है, मन की बात कह भी लेता है और अपना नाम भी पाठकों के सामने रखने से बच जाता है। दुनिया के साहित्य में अनेक ऐसी आत्मकथाएं हैं, जो उपन्यासों और कहानियों के रूप में लिखी गई हैं, पर आत्मकथा की अग्नि-परीक्षा से गुजरकर किसी लेखक के लिए किसी ओट की आवश्यकता कोई अर्थ नहीं रखती।

एक समय था जब पाठकों का एक विशेष प्रश्न मैं हंसकर सह लेती थी, पर टाल देती थी। पर कई वर्ष पहले जो सहज नहीं था, आज सहज है। आज उनके बरसों से हवा में ठहरे हुए प्रश्न को सामने रख लिया है और उसका उत्तर दे रही हूं। प्रश्न होता था—'अमुक कहानी की मुख्य पात्र कौन है?··· क्या यह घटना निजी ज़िन्दगी की है?' 'मैं' की ज़िम्मेदारी अकेले कंधे पर उठाना आसान नहीं होता, उसे 'हम' के अनेक कंधों पर बांट दिया जाता है, और लेखक अपने एक नाम को अपनी कहानियों में कई पात्रों के नाम दे देता है··· मैं जब अमृता को अमृता नहीं कह पाई, कभी उसे अलका कहा, कभी मीनू··· कुछ भी···

आज कह सकती हूं—'यह कहानी नहीं' मेरी एक बेपनाह मुहब्बत को लिए हुए है। इस कहानी की 'अ' अमृता है, और 'स' साहिर। इस कहानी का अक्षर अक्षर मेरे बदन पर उतर गया था···

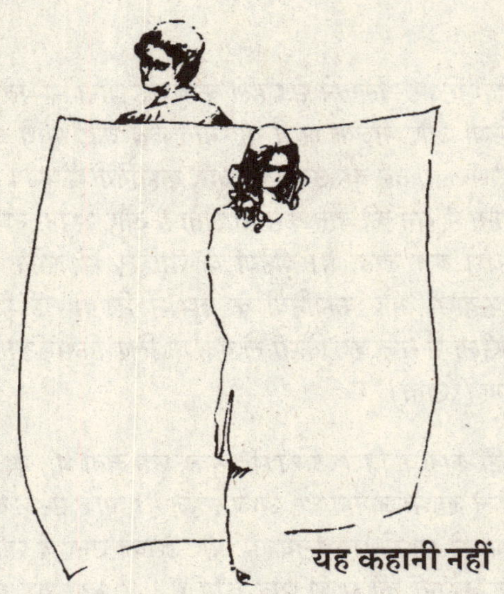

यह कहानी नहीं

पत्थर और चूना बहुत था, लेकिन अगर थोड़ी-सी जगह पर दीवार की तरह उभर कर खड़ा हो जाता, तो घर की दीवारें बन सकता था पर बना नहीं। वह धरती पर फैल गया, सड़कों की तरह, और वे दोनों तमाम उम्र उन सड़कों पर चलते रहे···

सड़कें, एक-दूसरे के पहलू से भी फटती हैं, एक-दूसरे के शरीर को चीरकर भी गुज़रती हैं, एक-दूसरे से हाथ छुड़ाकर गुम भी हो जाती हैं, और एक-दूसरे के गले से लगकर एक-दूसरे में लीन भी हो जाती थीं। वे एक-दूसरे से मिलते रहे, पर सिर्फ तब, जब कभी-कभार उनके पैरों के नीचे बिछी हुई सड़कें एक-दूसरे से आकर मिल जाती थीं।

घड़ी-पल के लिए शायद सड़कें भी चौंककर रुक जाती थी, और उनके पैर भी···

और तब शायद दोनों को उस घर का ध्यान आ जाता था जो बना नहीं था···

बन सकता था, फिर क्यों नहीं बना? वे दोनों हैरान-से होकर पावों के नीचे की ज़मीन को ऐसे देखते थे जैसे यह बात उस ज़मीन से पूछ रहे हों···

और फिर वे कितनी ही देर ज़मीन की ओर ऐसे देखने लगते मानो वे अपनी नज़र से ज़मीन में उस घर की नीवें खोद लेंगे। ···

और कई बार सचमुच वहां जादू का एक घर उभरकर खड़ा हो जाता और वे दोनों ऐसे सहज मन हो जाते मानो बरसों से उस घर में रह रहे हों···

यह उनकी भरपूर जवानी के दिनों की बात नहीं, अब की बात है, ठण्डी उम्र की बात, कि अ एक सरकारी मीटिंग के लिए स के शहर गई। अ को भी वक्त ने स जितना सरकारी ओहदा दिया है, और बराबर की हैसियत के लोग जब मीटिंग से उठे, सरकारी दफ्तर ने बाहर के शहरों से आने वालों के लिए वापसी टिकट तैयार रखे हुए थे, स ने आगे बढ़कर अ का टिकट ले लिया, और बाहर आकर अ से अपनी गाड़ी में बैठने के लिए कहा।

पूछा—"सामान कहां है?"

"होटल में!"

स ने ड्राइवर से पहले होटल और फिर वापस घर चलने के लिए कहा।

अ ने आपत्ति नहीं की, पर तर्क़ के तौर पर कहा—"प्लेन में सिर्फ़ दो घण्टे बाकी हैं, होटल होकर मुश्किल से एयरपोर्ट पहुंचूंगी।"

"प्लेन कल भी जाएगा, परसों भी, रोज़ जाएगा।" स ने सिर्फ इतना कहा, फिर रास्ते में कुछ नहीं कहा।

होटल से सूटकेस लेकर गाड़ी में रख लिया, तो एक बार अ ने फिर कहा—"वक्त थोड़ा है, प्लेन मिस हो जायेगा।"

स ने जवाब में कहा— "घर पर माँ इन्तजार कर रही होगी।"

अ सोचती रही कि शायद स ने मां को इस मीटिंग का दिन बताया हुआ था, पर वह समझ नहीं सकी—क्यों बताया था?

अ कभी-कभी मन से यह 'क्यों पूछ लेती थी, पर जवाब का इन्तजार नहीं करती थी। वह जानती थी—मन के पास कोई जवाब नहीं था। वह चुप बैठी शीशे में से बाहर शहर की इमारतों को देखती रही...

कुछ देर बाद इमारतों का सिलसिला टूट गया। शहर से दूर बाहर की आबादी आ गई, और आम के बड़े-बड़े पेड़ों को कतारें शुरू हो गईं...

समुद्र शायद पास ही था, अ के साँस नमकीन-से हो गए। उसे लगा—आम के पत्तों की तरह उसके हाथों में कम्पन आ गया था,—शायद स का घर भी अब पास था...

पेड़ों-पत्तों में लिपटी हुई-सी एक कॉटेज के पास पहुँचकर गाड़ी खड़ी हो गई। अ भी उतरी, पर कॉटेज के भीतर जाते हुए एक पल के लिए बाहर केले के पेड़ के पास खड़ी हो गई। जी किया—अपने कांपते हुए हाथों को यहाँ बाहर केले के कांपते हुए पत्तों के बीच में रख दे। वह स के साथ भीतर कॉटेज में जा सकती थी, पर हाथों की वहां जरूरत नहीं थी—इन हाथों से न वह अब स को कुछ दे सकती थी, न स से कुछ ले सकती थी...

मां ने शायद गाड़ी की आवाज सुन ली थी, बाहर आ गई। उन्होंने हमेशा की तरह अ का माथा चूमा और कहा—"आओ, बेटी!"

इस बार अ बहुत दिनों बाद मां से मिली थी, पर मां ने उसके सिर पर हाथ फेरते हुए—जैसे सिर पर से बरसों का बोझ उतार दिया हो—और उसे भीतर ले जाकर बिठाते हुए उससे पूछा—"क्या पियोगी, बेटी?"

स भी अब तक भीतर आ गया था, मां से कहने लगा—"पहले चाय बनवाओ, फिर खाना!"

अ ने देखा—ड्राइवर गाड़ी से उसका सूटकेस अन्दर ला रहा था। उसने स की ओर देखा, कहा—"बहुत थोड़ा वक्त है, मुश्किल से एयरपोर्ट पहुंचूँगी।"

स ने उससे नहीं, ड्राइवर से कहा—"कल सवेरे जाकर परसों का टिकट ले आना।" और मां से कहा—"तुम कहती थीं कि मेरे कुछ दोस्तों को खाने पर बुलाना है, कल बुला लो।"

अ ने स की जेब की ओर देखा जिसमें उसका वापसी का टिकट पड़ा हुआ था, कहा—"पर यह टिकट बरबाद जाएगा···।"

मां रसोई की तरफ जाते हुए खड़ी हो गई. और अके कन्धे पर अपना हाथ रखकर कहने लगी— "टिकट का क्या है, बेटी! इतना कह रहा है, रुक जाओ।"

पर क्यों? अ के मन आया, पर कहा कुछ नहीं। कुर्सी से उठकर कमरे के आगे बरामदे में जाकर खड़ी हो गई। सामने दूर तक आम के ऊंचे-ऊंचे पेड़ थे। समुद्र परे था। उसकी आवाज़ सुनाई दे रही थी। अ को लगा—सिर्फ आज का 'क्यों' नहीं, उसकी ज़िन्दगी के कितने ही 'क्यों' उसके मन के समुद्र के तट पर इन आम के पेड़ों की तरह उगे हुए हैं, और उनके पत्ते अनेक वर्षों से हवा में कांप रहे हैं।

अ ने घर के मेहमान की तरह चाय पी, रात को खाना खाया, और घर का गुसलखाना पूछकर रात को सोने के समय पहनने वाले कपड़े बदले। घर में एक लम्बी बैठक थी, ड्राइंग-डाइनिंग, और दो और कमरे थे—एक स का, एक मां का। मां ने जिद करके अपना कमरा अ को दे दिया, और स्वयं बैठक में सो गई।

अ सोने वाले कमरे में चली गई, पर कितनी ही देर झिझकी हुई-सी खड़ी रही। सोचती रही—मैं बैठक में एक-दो रातें मुसाफिरों की तरह ही रह लेती, ठीक था, यह कमरा मां का है, मां को ही रहना चाहिए था···

सोने वाले कमरे के पलंग में, पर्दों में, और अलमारी में एक घरेलू-सी बू-बास होती है, अ ने इसका एक घूंट-सा भरा। पर फिर अपना सांस रोक लिया मानो अपने ही सांसों से डर रही हो···

बराबर का कमरा स का था। कोई आवाज़ नहीं थी। घड़ी पहले स ने सिरदर्द की शिकायत की थी, नींद की गोली खायी थी, अब तक शायद सो गया था। पर बराबरवाले कमरों की भी अपनी एक बू-बास होती है, अ ने एक बार उसका भी एक घूंट पीना चाहा, पर सांस रुका रहा।

फिर अ का ध्यान अलमारी के पास फर्श पर पड़े हुए अपने सूटकेस की ओर गया, और उसे हंसी-सी आ गई—यह देखो मेरा सूटकेस, मुझे सारी रात मेरी मुसाफिरी की याद दिलाता रहेगा···

और वह सूटकेस की ओर देखते हुए, थकी हुई-सी, तकिये पर सिर रखकर लेट गई···

न जाने कब नींद आ गई। सोकर जागी तो खासा दिन चढ़ा हुआ था। बैठक में रात को होनेवाली दावत की हलचल थी।

एक बार तो अ आंखें झपककर रह गई—बैठक में सामने स खड़ा था—चारखाने का नीले रंग का तहमद पहने हुए। अ ने उसे कभी रात के सोने के समय के कपड़ों में नहीं देखा था। हमेशा दिन में ही देखा था—किसी सड़क पर सड़क के किनारे किसी कैफे में, होटल में, या किसी सरकारी मीटिंग में—उसकी यह पहचान नयी-सी लगी, आंखों में अटक-सी गई···

अ ने भी इस समय नाइट सूट पहना हुआ था, पर अ ने बैठक में आने से पहले उस पर ध्यान नहीं दिया था, अब ध्यान आया तो अपना-आप ही अजीब लगने लगा—साधारण स असाधारण-सा होता हुआ···

बैठक में खड़ा हुआ स, अ को आते हुए देखकर कहने लगा—"ये दो सोफे हैं, इन्हें लम्बाई के रुख रख लें। बीच में जगह खुली हो जाएगी।"

अ ने सोफ़ों को पकड़वाया, छोटी मेज़ों को उठाकर कुर्सियों के बीच में रखा। फिर मां ने चौके से आवाज दी तो अ ने चाय लाकर मेज पर रख दी।

चाय पीकर स ने उससे कहा—"चलो, जिन लोगों को बुलाया है, उनके घर जाकर कह आएं और लौटते हुए कुछ फल लेते आएं।"

दोनों ने पुराने परिचित दोस्तों के घर जाकर दस्तक दी, सन्देशे दिए, रास्ते से चीज़ खरीदी, फिर वापस आकर दोपहर का खाना खाया, और फिर बैठक को फूलों से सजाने में लग गए।

दोनों ने रास्ते में साधारण-सी बातें की थी—फल कौन-कौन से लेने हैं? पान लेने हैं या नहीं? ड्रिंक्स के साथ के लिए कबाब कितने ले लें? फलां का घर रास्ते में पड़ता है, उसे भी बुला लें?—और यह बातें वे नहीं थीं जो सात बरस बाद मिलनेवाले करते हैं।

अ को सबेरे दोस्तों के घर पर पहली-दूसरी दस्तक देते समय ही सिर्फ़ थोड़ी-सी परेशानी महसूस हुई थी। वे भले ही स के दोस्त थे, पर एक लम्बे समय से अ को जानते थे, दरवाजा खोलने पर बाहर उसे स के साथ देखते तो हैरान-से हो कह उठते—"आप!"

पर वे जब अकेले गाड़ी में बैठते, तो स हंस देता—"देखा, कितना हैरान हो गया, उससे बोला भी नहीं जा रहा था।"

और फिर एक-दो बार के बाद दोस्तों की हैरानी भी उनकी साधारण बातों में शामिल हो गई। स की तरह अ भी सहज मन से हंसने लगी।

शाम के समय स ने छाती में दर्द की शिकायत की। मां ने कटोरी में ब्राण्डी डाल दी, और अ से कहा—" लो, बेटी! यह ब्राण्डी इसकी छाती पर मल दो।"

इस समय तक शायद इतना कुछ सहज हो चुका था, अ ने स की कमीज़ के ऊपरवाले बटन खोले, और हाथ से उसकी छाती पर ब्राण्डी मलने लगी।

बाहर आम के पेड़ों के पत्ते और केलों के पत्ते शायद अभी भी कांप रहे थे, पर अ के हाथ में कम्पन नहीं था। एक दोस्त समय से पहले आ गया था, अ ने ब्राण्डी में भीगे हुए हाथों से उसका स्वागत करते हुए उसे नमस्कार भी किया, और फिर कटोरी में हाथ डुबोकर बाकी रहती ब्राण्डी को उसकी गर्दन पर मल दिया—कंधों तक।

धीरे-धीरे कमरा मेहमानों से भर गया। अ फ्रिज़ से बरफ निकालती रही

और सादा पानी भर-भर फ्रिज़ में रखती रही। बीच-बीच में रसोई की तरफ जाती, ठण्डे कबाब फिर से गर्म करके ले आती। सिर्फ एक बार जब स ने अ के कान के पास होकर कहा—"तीन-चार तो वे लोग भी आ गए हैं, जिन्हें बुलाया नहीं था। ज़रूर किसी दोस्त ने उनसे भी कहा होगा, तुम्हें देखने के लिए आ गए हैं "—तो पल भर के लिए अ की स्वाभाविकता टुटी, पर फिर जब स ने उससे कुछ गिलास धोने के लिए कहा, तो वह उसी तरह सहज मन हो गई।

महफिल गर्म हुई, रात ठण्डी हुई और जब लगभग आधी रात के समय सब चले गए, अ को सोनेवाले कमरे में जाकर अपने सूटकेस में से रात के कपड़े निकालकर पहनते हुए लगा—कि सड़कों पर बना हुआ जादू का घर अब कहीं भी नहीं था ···

यह जादू का घर उसने कई बार देखा था—बनते हुए भी, मिटते हुए भी, इसलिए वह हैरान नहीं थी। सिर्फ थकी-थकी-सी तकिये पर सिर रखकर सोचने लगी—कब की बात है··· शायद पचीस बरस हो गए—नहीं, तीस बरस··· जब पहली बार वे ज़िन्दगी की सड़कों पर मिले थे—अ किस सड़क से आई थी, स कौन-सी सड़क से आया था, दोनों पूछना भी भूल गए थे, और बताना भी। वे निगाह नीची किए, जमीन में नींवें खोदते रहे, और फिर यहाँ जादू का एक घर बनकर खड़ा हो गया, और वे सहज मन से सारे दिन उस घर में रहते रहे।

फिर जब दोनों की सड़कों ने उन्हें आवाजें दीं, वे अपनी-अपनी सड़क की ओर जाते हुए चौंककर खड़े हो गए। देखा—दोनों सड़कों के बीच एक गहरी खाई थी। स कितनी ही देर उस खाई की ओर देखता रहा, जैसे अ से पूछ रहा हो कि इस खाई को तुम किस तरह पार करोगी? अ ने कहा कुछ नहीं था, पर स के हाथ की ओर देखा था, जैसे कह रही हो—तुम हाथ पकड़कर पार करा लो, मैं मज़हब की इस खाई को पार कर जाऊंगी।

फिर स का ध्यान ऊपर की ओर गया था, अ के हाथ की ओर। अ की उंगली में हीरे की एक अंगूठी चमक रही थी। स कितनी देर तक देखता रहा, जैसे पूछ रहा हो—तुम्हारी उंगली पर यह जो कानून का धागा लिपटा हुआ है, मैं इसका क्या करूंगा। अ ने अपनी उंगली की ओर देखा था और धीरे-से हंस पड़ी थी, जैसे कह रही हो—तुम एक बार कहो, मैं कानून का यह धागा नाखूनों से खोल दूंगी। नाखूनों से नहीं खुलेगा तो दांतों से खोल दूँगी।

पर स चुप रहा था, और अ भी चुप खड़ी रह गई थी। पर जैसे सड़कें एक ही जगह पर खड़ी हुई भी चलती रहती हैं, वे भी एक जगह पर खड़े हुए चलते रहे ···

फिर एक दिन स के शहर से आनेवाली सड़क अ के शहर आ गई थी, और अ ने स की आवाज सुनकर अपने एक बरस के बच्चे को उठाया था और बाहर सड़क पर उसके पास आकर खड़ी हो गई थी। स ने धीरे-से हाथ आगे करके सोये हुए बच्चे को अ से ले लिया था और अपने कन्धे से लगा लिया था और फिर वे सारे दिन उस शहर की सड़कों पर चलते रहे···

वे उनकी भरपूर जवानी के दिन थे—उनके लिए न धूप थी, न ठण्ड। और फिर जब चाय पीने के लिए वे एक कैफ़े में गए तो बैरे ने एक मर्द, एक औरत और एक बच्चे को देखकर एक अलग कोने की कुर्सियां पोंछ दी थीं। और कैफ़े के उस अलग कोने में एक जादू का घर बनकर खड़ा हो गया था ···

और एक बार···अचानक चलती हुई रेलगाड़ी में मिलाप हो गया था। स भी था, मां भी, और स का एक दोस्त भी। अ की सीट बहुत दूर थी, पर स के दोस्त ने उससे अपनी सीट बदल ली थी और उसका सूटकेस उठाकर स के सूटकेस के पास रख दिया था। गाड़ी में दिन के समय ठण्ड नहीं थी, पर रात ठण्डी थी। मां ने दोनों को एक कम्बल दे दिया था, आधा स के लिए, आधा अ के लिए। और चलती हुई गाड़ी में उस साझे के कम्बल के किनारे जादू के घर की दीवारें बन गई थीं ···

जादू की दीवारें बनती थीं, मिटती थीं, और आखिर उनके बीच खण्डहरों की-सी खामोशी का एक ढेर लग जाता था ···

स को कोई बन्धन नहीं था। अ को था। पर वह तोड़ सकती थी। फिर यह क्या था कि वे तमाम उम्र सड़कों पर चलते रहे ···

अब तो उम्र बीत गई—अ ने उम्र के तपते दिनों के बारे में भी सोचा और अब के ठण्डे दिनों के बारे में भी। लगा—सब दिन, सब बरस आम के पत्तों की तरह हवा में खड़े कांप रहे थे।

बहुत दिन हुए , एक बार अ ने बरसों की खामोशी को तोड़कर पूछा था—"तुम बोलते क्यों नहीं ? कुछ भी नहीं कहते। कुछ तो कहो !"

पर स हंस दिया था, "यहां रोशनी बहुत है, हर जगह रोशनी होती है, मुझसे बोला नहीं जाता।"

और अ का जी किया था—वह एक बार सूरज को पकड़कर बुझा दे···

सड़कों पर सिर्फ दिन चढ़ते है। रातें तो घरों में होती हैं··· पर घर कोई था नहीं, इसलिए रात भी कहीं नहीं थी—उनके पास सिर्फ सड़कें थीं, और सूरज था, और स सूरज की रोशनी में बोलता नहीं था।

एक बार बोला था—

वह चुप-सा बैठा हुआ था जब अ ने पूछा था—"क्या सोच रहे हो ?" तो वह बोला—"सोच रहा हूँ, लड़कियों से फ्लर्ट करूं और तुम्हें दुःखी करूं।"

पर इस तरह अ दुखी नहीं, सुखी हो जाती। इसलिए अ भी हंसने लगी थी, स भी।

और फिर एक लम्बी खामोशी···

कई बार अ के जी में आता था—हाथ आगे बढ़ाकर स को उसकी खामोशी में से बाहर ले आए, वहां तक जहां तक दिल का दर्द है। पर वह अपने हाथों को सिर्फ देखती रहती थी, उसने हाथों से कभी कुछ कहा नहीं था।

एक बार स ने कहा था "चलो, चीन चलें !"

"चीन ?"

"जाएंगे,पर आएंगे नहीं !"

"पर चीन क्यों ?"

यह 'क्यों' भी शायद आम के पेड़ के समान था जिसके पत्ते फिर हवा में कांपने लगे··· इस समय अ ने तकिये पर सिर रखा हुआ था, पर नींद नहीं आ रही थी। स बराबर के कमरे में सोया हुआ था, शायद नींद की गोली खाकर।

अ को न अपने जागने पर गुस्सा आया, न स की नींद पर। वह सिर्फ यह सोच रही थी—कि वे सड़कों पर चलते हुए जब कभी मिल जाते हैं तो वहां घड़ी-पहर के लिए एक जादू का घर क्यों बनकर खड़ा हो जाता है?

अ को हंसी-सी आ गई—तपती हुई जवानी के समय तो ऐसा होता था, ठीक है, लेकिन अब क्यों होता है? आज क्यों हुआ?

यह न जाने क्या था, जो उम्र की पकड़ में नहीं आ रहा था···

बाकी रात न जाने कब बीत गई—अब दरवाजे पर धीरे-से खटका करता हुआ ड्राइवर कह रहा था कि एयरपोर्ट जाने का समय हो गया है···

अ ने साड़ी पहनी, सूटकेस उठाया, स भी जागकर अपने कमरे से आ गया, और वे दोनों उस दरवाजे की ओर बढ़े जो बाहर सड़क की ओर खुलता था···

ड्राइवर ने अ के हाथ से सूटकेस ले लिया था, अ को अपने हाथ और खाली-खाली से लगे। वह दहलीज के पास अटक-सी गई, फिर जल्दी से अन्दर गई और बैठक में सोयी हुई मां को हाथों से प्रणाम करके बाहर आ गई···

फिर एयरपोर्ट वाली सड़क शुरू हो गई, खत्म होने को भी आ गई, पर स भी चुप था, अ भी···

अचानक स ने कहा—"तुम कुछ कहने जा रही थीं?"

"नहीं।"

और वह फिर चुप हो गया।

फिर अ को लगा—शायद स को भी—कि बहुत कुछ कहने को था, बहुत कुछ सुनने को, पर बहुत देर ही हो गई थी, और अब सब शब्द ज़मीन में गड़ गए थे—आम के पेड़ बन गए थे और मन के समुद्र के पास लगे हुए उन पेड़ों के पत्ते शायद तब तक कांपते रहेंगे जब तक हवा चलती रहेगी ···

एयरपोर्ट आ गया और पाँवों के नीचे स के शहर की सड़क टूट गई ···

अब सामने एक नई सड़क थी—जो हवा में से गुज़रकर अ के शहर की एक सड़क से जा मिलने को थी···

और वहां जहां दो सड़कें एक दूसरे के पहलू से निकलती हैं, स ने धीरे-से अ को अपने कन्धे से लगा लिया। और फिर वे दोनों कांपते हुए, पांवों के नीचे की ज़मीन को इस तरह देखने लगे, जैसे उन्हें उस घर का ध्यान आ गया हो जो नहीं बना था···

वे संकरी गलियां

फैज़ मुजद्दद किसी जमाने में बम्बई के मशहूर कलाकार थे। कई बरस फिल्म निर्माता कारदार के साथ भी काम करते रहे। फिर सट्टे में ऐसे डूब गए—कि एक खोली में रहने तक की नौबत आ गई···

उनसे मेरी मुलाकात 1960 में हुई थी, जब मैं कुछ महीने बम्बई में थी। वह इमरोज़ की कला के मद्दाह थे, और इमरोज़ से प्यार करते थे।

मुलाकात हुई तो उनकी ज़िन्दगी के हालात पर मैंने एक छोटा सा उपन्यास लिखना चाहा···उस दौरान वह रोज़ सुबह मेरे और इमरोज़ के पास आते, हम मिल कर खाना पकाते, और साथ साथ वह अपनी ज़िन्दगी के हालात बयान करते और मैं उनके नोट्स लेती रहती···

वह छोटा सा उपन्यास 'बुलावा' जब लिख चुकी, तो प्रकाशित होने से पहले उन्हें हर्फ़ हर्फ़ सुना दिया···

उनका बचपन जिस तरह कटा था, उसे फिर से सुनते हुए वह बीते हुए दिनों में कुछ इस तरह उतर गए भीग गए कि मुझे लगा—मेरा लिखना सार्थक हुआ···

उसी 'बुलावा' उपन्यास से यहां उनके बचपन का हिस्सा दे रही हूँ···

जैनिब बीबी

जैनिब बीबी कमीज़ के घेरे की कच्ची सिलाई कर चुकी थी, अब सिर्फ मशीन की सिलाई बाकी रह गई थी। 'कमीज़ के पांच आने और पाजामे के दो आने,' उसने हिसाब लगाया, आज सात आने ज़रूर बन जाएंगे।' फिर हाथ की सुई को धागे की गोली में रखते हुए उसने आवाज दी, "फैज, उठ मेरे बेटे। मुंह पर पानी के छींटे मार और तैयार हो जा। आज तेरा मामा तुझे काम पर ले जाएगा।"

"और भाभी, आज मैं मसीत में न जाऊं?" छः साल का फैज़ मुजद्दद खटिया पर से हड़बड़ाकर उठ बैठा।

जैनिब बीबी ने बेटे की तरफ नहीं देखा, सोच रही थी— मैं कसूरवार हूँ कि तुझे मसीत जाने से हटा लिया है। पर मैं क्या करूं? ऊंची आवाज में उसने सिर्फ इतना कहा, "तेरा मामा कहता है, तुझे महीने के आठ रुपये मिल जाया करेंगे।"

फकीरों के तकिये की मसजिद एक बार फैज़ की आँखों के सामने आई और फिर उसने मुँह पर पानी के छींटे मारकर उस मसजिद को अपनी आँखों के सामने से एक तरफ हटा दिया।

"यह रंगसाज़ी का काम कुछ नहीं है फैज़! सुबह तू मुँह-अंधेरे चला जाता है और दीया जलने पर लौटता है। फिर मिट्टी के तेल से तेरे जिस्म पर से रंग उतारते हुए मेरे तो हाथ भी थक जाते हैं।"

"भाभी, अब तो मैं ट्रंकों पर बहुत अच्छे फूल बना लेता हूँ।"

फैज़ ने अपने बदन को एक मोटे कपड़े से पोंछते हुए कहा।

"ठीक है, पर दो साल होने को आए हैं, रुपये तो महीने के आठ ही मिलते हैं।" मां ने कोने में पड़ा हुआ साबुन का टुकड़ा उठा कर अपने हाथ धोए।

"दोपहर का खाना भी वे खिला देते हैं।" फैज़ ने कुर्त्ता पहना और अपनी छोटी बहिन साजी को उठा लिया।

"ठीक है, पर रोज़ रात को मिट्टी के तेल से नहाना तो ठीक नहीं ··· मैंने बात की है किसी से, तू खुशनवीसी का काम सीख ले।"

"कितने पैसे मिलेंगे?" फैज़ ने पूछा।

"पगले, कभी काम सीखने के भी पैसे मिले हैं? तू पहले कुछ देर सीख, फिर वक्त आने पर तुझे पैसे मिलने लग जाएंगे।"

"पर तुम कैसे गुज़ारा करोगी भाभी? तुम्हें सीने के लिए कपड़े भी तो रोज नहीं मिलते!"

"मैंने दो घरों से बात कर ली है। उनके बर्तन साफ कर दिया करूंगी। तू काम सीख ले।"

खुशनवीसी सीखने के लिए फैज़ को अपने घर भाठी दरवाज़े से दिल्ली दरवाज़े जाना पड़ता था। वह पूरे दिन कि हाज़िरी देता और खाली हाथ घर लौटता तो उसकी टांगें जवाब दे रही होती।

एक दिन वह मुंह-अंधेरे उठा, दिल्ली दरवाज़े जाने की बजाय वह गवाल-मण्डी की ओर चल पड़ा। सब्जीमण्डी में सब्जियों की गाड़ियां खड़ी थीं। सौदे हो रहे थे, टोकरे भरे जा रहे थे।

कभी कोई आलू, कभी कोई प्याज, कभी कोई टिंडा लुढ़कता हुआ दूर चला जाता। फैज़ ने देखा, दूसरी सब्जियों के मुकाबिले में ये गोल चीजें ज़रूर लुढ़क जाती थीं। उसने दौड़कर वे आलू, प्याज और टिंडे उठा लिए।

बाजार में सब्जियों की छोटी-छोटी ढेरियाँ लगाकर कुछ औरतें बैठी हुई थीं। कुछ दूर पर एक इमारत बन रही थी। काम पर जाने वाली मज़दूरिनों ने वहां सस्ती सब्जी लेने के लिए एक भीड़ लगाई हुई थी। फैज़ ने भी अपने गिनती के आलू , प्याज और टिंडों की एक छोटी-सी ढेरी लगा दी, और अपनी तहमद को ज़रा-सा ऊपर उठाकर पांवों के बल बैठ गया।

कुछ ही देर में फैज़ ने अढाई आने बना लिए। अब जब वह दिल्ली दरवाज़े की ओर चला तो उसके पांव जैसे उड़ रहे थे···

किसी दिन दो आने, किसी दिन अढाई आने—यह फैज़ की रोज़ की आमदनी बन गई।

जहां वह खुशनवीसी का काम सीखता था, वह एक रोज़ाना अखबार का दफ्तर था। एक दिन शाम को फैज़ ने सोचा, अगर वह अखबार की आठ कापियां खरीद ले तो तीन पैसे की उसे एक कापी पड़ेगी और चार पैसे की बिक जाएगी। पूरे आठ पैसे उसे बच जाएंगे। उसने सब्जी बेचकर जमा किए हुए पैसों से 'सियासत' अखबार की आठ कापियां खरीद लीं।

"ताजा पर्चा आ गया, सियासत का पर्चा।" पहले एक बाजार में, फिर दूसरे बाजार में खड़ा होकर उसने आवाजें लगाईं।

चार कापियां बिक गई पर अभी तक बाकी चार उसके हाथ में थीं। बाज़ारों में से वह गुजर रहा था और आवाजें लगाता जा रहा था। शाम हो चली थी, पर बची हई कापियां अभी भी उसके हाथ में पकड़ी हुई थीं।

हीरामण्डी में से गुजरते हुए उसे एक आदमी ने कहा, "मुझे रोज़ दे जाया

कर एक अखबार।" यह बात उसे एक और व्यक्ति ने चौक झंडा में भी कही थी। 'कहां चौक झंडा और कहां हीरामण्डी, पर दो ग्राहक मेरे पक्के बन गए। रोज़ के दो पैसे पक्के।' फैज़ ने सोचा।

'पर अगर ये बची हुई अखबारें ने बिकीं तो··· ?' फैज़ ने हिसाब लगाया, 'तो छ: पैसे जेब से देने पड़ जाएंगे।'

शाम गहरी होती जा रही थी। फिर फैज़ ने अनारकली के चौक में खड़े होकर बची हुई कापियां तीन-तीन पैसे में ही बेच दीं।

"ताजा पर्चा आ गया, सियासत का ताजा पर्चा।" हीरामण्डी में खड़े होकर फैज़ ने आवाज़ लगाई। और फिर उसकी आवाज़ उसके गले में ही अटक गई। एक मकान में से गाने की आवाज़ आ रही थी—

यह दुआ है आतिशे इश्क में
तू मेरी तरह जला करे
न नसीब हो तुझे बैठना
तेरे दिल में दर्द उठा करे

कार्तिक का महीना देखते-देखते मगहर बनता जा रहा था। एक ठंडक फैज़ के पांवों में से गुजरकर उसके बदन में समा गई। और ठंडक की सिहरन जैसा एक खयाल उसके मन में से गुजरा, 'मेरे वालिद की गज़ल··· यह मेरे वालिद की गज़ल है और शायद मेरे वालिंद साहिब भी अंदर बैठे हों यह गानेवाली शायद उनकी गज़ल को उनके सामने बैठकर गा रही हो।···'

फैज़ का वालिद शहर में ही रहता था। कटरा वलीशाह में। फैज़ पांच साल का था, जब उसकी मां उसे और अपनी नन्हीं सी बेटी सराज को लेकर अपने भाई के घर भाटी दरवाजे आ गई थी, पर फैज को अपने वालिद का घर अच्छी तरह याद था। वे कई गज़लें भी उसे याद थीं जो उसके वालिद की लिखी हुई थीं।

'मेरी मां का कसूर ?' फैज़ ने सोचा। उसकी उम्र छोटी थी, पर ख्यालों को जवानी चढ़ने लगी थी। 'सिर्फ यह कि वह मामूली से नैन-नक्शोंवाली औरत है।' फैज़ के होंठ सिकुड़े, वह मेरे वालिद के रंगीन खयालों पर पूरी नहीं उतरी।'

'वलायत बेगम···' फैज़ अखबारें बेचना भूल गया। वह सोचने लगा, 'कहते हैं वह बहुत अच्छा गाती है। और मेरे वालिद साहिब उसके लिए गज़लें लिखते हैं।' ये बातें सुनी-सुनाई थीं, पर फैज़ को यह पता था कि वह वलायत बेगम ईदवाले दिन मीठी चीजें और बकरीदवाले दिन नमकीन चीजें उनके घर जरूर भेजा करती थी और उसके वालिद साहिब अपनी गज़ल में वलायत बेगम का नाम लिखा करते थे।

सामने मकान में से अभी भी आवाज आ रही थी—

यह दुआ है आतिशे इश्क में
तू मेरी तरह जला करे
न नसीब हो तुझे बैठना
तेरे दिल में दर्द उठा करे

फैज़ के गले में जितना जोर था, उसने लगा दिया, "ताजा पर्चा आ गया—सियासत का ताजा पर्चा।" वह शायद सोच रहा था, 'देखता हूं, गज़ल का तरन्नुम ऊंचा उठता है कि अखबार की आवाज।'

कल अनारकली के चौक में उसने अपनी बची हुई अखबारें फिर तीन-तीन पैसों में बेच दी थीं। और पास खड़े हुए अखबार बेचने वाले पूरबिये लड़ पड़े थे।

आज शाम गहरी हो गई थी, पर पूरबियों से लड़ाई के डर से फैज़ चौक में न गया। आज उसने सोचा था चाहे कितनी देर हो जाए, पर आज वह सारी अखबारें पूरी कीमत पर बेचेगा।

'ताजा पर्चा आ गया, सियासत का ताजा पर्चा' की आवाज लगाते हुए फैज़ ने उन दिनों चल रहे कत्ल के एक मशहूर मुकद्दमे की सुर्खी पढ़ी।

उसके हाथ में अखबार एक झंडे की तरह झूल रही थी। उसकी आवाज में कत्ल के मुकद्दमे का हाल था। तेज-तेज चलते उसके पैर अचानक रुक गए—सामने दूर काली शेरवानी पहने उसके वालिद साहिब आ रहे थे···

'इस बाजार हीरामण्डी में मेरे वालिद का इतना नाम है, हर गानेवाली उनका नाम जानती है।—ताज साहिब! हर गाने वाली उनसे नई गज़ल लेने के लिए उन्हें सलाम करती है। यहाँ मुझे··· अपने बेटे को वे अखबारें बेचते हुए देखेंगे··· उनकी इज्जत को ठेस लगेगी··· नहीं··· ' नहीं···,' फैज़ ने सोचा, 'मैं कहीं छिप जाऊं।'

जल्दी से उसने दोनों तरफ देखा, सड़क का दामन खुला था, कहीं छिपने की जगह नहीं थी। उसका और उसके वालिद का फासला कम हो रहा था। बायें हाथ सड़क के किनारे पटरी पर बिजली का एक खम्भा नजदीक था। फैज़ झट उस खम्भे के पीछे हो गया। खम्भे की ओट काफी नहीं थी। पर ज्यों-ज्यों उसका वालिद नजदीक आता गया, वह पांवों को सरकाता हुआ छिपने की कोशिश करता रहा।···और फिर उसने तमकीन की सांस ली, उसके वालिद ने उसे देखा नहीं था।

वालिद साहिब एक मकान की सीढ़ियां चढ़ गए और फैज़ खम्भे की ओट छोड़कर खुली सड़क पर चल पड़ा। उसके दायें हाथ में अखबार झंडे की तरह झूल रही थी और उसकी आवाज में कत्ल के मुकद्दमे का हाल था।···

बकरमण्डी में से निकलकर फैज़ ने देखा, व्यापारी अपने-अपने माल पर निशानियां लगा रहे थे। कोई अपनी भेड़ों के माथे पर लाल रंग लगा देता, कोई अपनी भेड़ों के बदन पर गोल निशान लगा देता और कोई अपनी भेड़ों की ऊन में से थोड़े से बाल काट देता।

भेड़ों की ऊन कई जगह पर गिरी हुई थी। फैज़ ने हाथ की अखबारों की ओर देखा और फिर आगे बढ़ता हुआ आवाज लगाने लगा, "ताजा पर्चा आ गया···"

जब काफी अंधेरा हो गया तो फैज़ के पांव बकरमण्डी की ओर मुड़े। भेड़ें बाड़ों में चली गई थीं और उनकी जगह उनकी ऊन पड़ी हुई थी।

जिस तरह कोई हाथ से गोबर इकट्ठा करता है या रेल की पटरी पर से कोयले बीनता है, फैज़ ने भेड़ों के बाल इकट्ठे कर लिए।

"भाभी, यह तुम कात लोगी?" रात को घर जाकर फैज़ ने भेड़ों की सारी ऊन मां के आगे रख दी।

दूसरे दिन मां ने दो चरखे चलाए। एक प्राणों का और एक लकड़ी का। मन के चरखे पर दुःखों का सूत काता और लकड़ी के चरखे पर ऊन का सूत काता। फैज़ के कान दोनों चरखों की गूंज सुन रहे थे।...

"उस्तादजी!" दरवाजे के बाहर से आवाज आई।

"देख तो फैज़। कौन है बाहर? मुझे तो ताज साहिब लगते हैं, तेरे वालिद साहिब!" उस्ताद गुलामफरीद ने हाथ से कलम एक तरफ रख दी और अपने शागिर्द की तरफ देखा।

"कहां हैं, उस्तादजी?" ताज साहिब दहलीज से अंदर आ गए थे। "आइए आइए, ताज साहिब।" उस्तादजी ने दायें हाथ पड़े हुए तकिये को आगे किया और फिर कहा, "यह फैज़ है, फैज़ मुजद्दद अपना बेटा।"

ताज साहिब ने फैज़ की ओर देखा, और फिर कितनी देर तक देखते रहे। हाथों में एक संकोच था। फिर अंदर से खून में एक उबाल आया, अनायास हाथों में हरकत आ गई, उन्होंने फैज़ की पीठ थपथपाई।

"बहुत सयाना बेटा है, बहुत होनहार।" उस्ताद गुलामफरीद ने कहा। फिर उसे लगा शायद ताज साहिब ने उसकी बात नहीं सुनी थी। उनकी आंखें अभी तक बेटे के चेहरे की तरफ लगी हुई थीं। उसने फिर कहा, "कोई दो साल यह मेरे पास सियासत के दफ्तर में भी बैठता रहा है। फिर जब मैं यहां अपनी बैठक में ही काम करने लग गया, यह भी मेरे साथ ही आ गया। अब तो अच्छी मुहारत हो गई है। हाथ बहुत साफ हो गया है। देखिए तो कैसा खुशखत लिखता है।"

और फिर उसे एक और बात याद आ गई, कहने लगा, "पहले-पहले तो बरकतअली को नुक्तेवाले काफ से लिख देता था, अब तो इसके हिज्जे बहुत अच्छे हो गए हैं।" और फिर उस्ताद ने साथ ही यह भी कहा, "अब तो पन्द्रह-बीस रुपये भी महीने के कमा लेता है।"

ताज साहिब बैठ गए। तकिये के साथ टेक लगाई और कहने लगे, "बात यह हैं, उस्तादजी, कि मुझे एक हफ्तावारी पर्चा निकालना है और यह किताबत-वाला काम आपको करना होगा। यह काम मैं किसी और से नहीं करवाना चाहता।"

"मालिक हैं आप। जैसे कहें।"

"फिर बात पक्की हुई?"

"आपका कहना हम पलट सकते हैं ताज साहिब?"

ताज साहिब उठे। उनकी आंखें फिर बेटे के चेहरे को देखने लग गईं। कहने लगे, "इसे अपने साथ ही ले आना उस्तादजी!"

"जैसा कहें।"

"यह वहीं रहेगा।" ताज साहिब ने कहा और कमरे में से बाहर जाने लगे।

"तू आ जाएगा न?" दहलीज के पास पहुंचकर वे रुक गए।

फैज़ ने हामी न भरी। इंकार भी न किया। ताज साहिब मिनट-भर और खड़े रहे, फिर कहने लगे, "अपनी वालिदा को भी साथ ले आना"। फिर उन्होंने जवाब का इन्तजार नहीं किया और कमरे से बाहर चले गए।

"तेरा कहा मैं मान लेती फैज़! पर ... "

"अगर भाभी तुम्हारा दिल नहीं करता तो न सही।"

"यह बात नहीं फैज़! यह तो पता नहीं मेरी कौन-सी किस्मत है जो तेरे वालिद ने मुझे याद किया है।···पर···डरती हूँ, यह मेरी किस्मत फिर मेरे साथ कोई धोखा कर जाएगी।" जैनिब बीबी ने कहा, पर अपने कपड़े सम्भाल लिए और अपनी बेटी सराज को गोद में उठा लिया।

ताज साहिब के मकान का रंग ही बदल गया। बाहर की बड़ी बैठक एक हफ्ता बाद अखबार का दफ्तर बन गई और अन्दर के छोटे दो कमरे घर बन गए। बाहर फैज़ अपने उस्ताद के साथ मिलकर किताबत करता और अन्दर जैनिब बीबी घर के काम में लगी रहती।

"···डरती हूँ, यह मेरी किस्मत फिर मेरे साथ कोई धोखा कर जाएगी।" कुछ ही महीनों में जैनिब बीबी का यह डर सच हो गया। ताज साहिब पिछले पंद्रह दिन से अलीपुर गए हुए थे—उर्स के मेले पर वे जब लौटे तो उनके साथ एक और औरत थी।

"फिर चलो भाटी दरवाजे, मामा के घर चले जाते है।"

"तुझे तकलीफ तो नहीं होगी?"

"मुझे भला क्या तकलीफ होगी? अब मैं तुम्हें किसी के घर काम नहीं करने दूंगा। मैं महीने के बीस रुपये तो जरूर बना लूंगा।"

जैनिब बीबी ने फिर अपने वही कपड़े सम्भाल लिए जो वह भाटी दरवाजे से आते समय साथ लाई थी।···

पहचान

देविन्दर खुद एक कहानीकार हैं, उपन्यासकार हैं, नाटककार है, और करीबी दोस्त हैं। इस लिए एक दोस्त की हैसीयत से वह मेरे उपन्यास 'दिल्ली की गलियां' में भी उतर आए··· उपन्यास में उनका नाम हरदेव है। लिखते हैं—

"हरदेव को पहली बार मैंने दिल्ली की गलियों में देखा। अपने जैसा लगा, उससे हाथ मिलाने और जान पहचान करने को मन हो आया, और जब उसने अपना नाम बता कर मेरा नाम पूछा—तो मैं अपना नाम भूल गया···अजीब बात थी कि कोई अपना नाम ही भूल जाए···

'मैं सोचता हूँ हरदेव मुझ से बहुत कुछ बढ़कर है—मैं तो उदास कैनवस हूं, महज एक कागज हूं, मुर्दे के कफ़न की तरह ख़ामोश···

"यही कागज और कैनवस जब हरदेव हुए तो कागज़ बोलने लगा, कैनवस बोलने लगा···।"

एक शुभचिंतक

टेलीफोन की घंटी बजी। कामिनी ने जब टेलीफोन का रिसीवर उठाया तो आवाज उसकी पहचानी हुई थी। यह कामिनी के उसी गुमनाम शुभचिंतक की

आवाज थी जो कभी-कभी टेलिफोन से कामिनी के खिलाफ चल रही साज़िशों का संकेत दिया करता था, पर जिसने अपना नाम नहीं बताया था।

"मैं कामिनी बोल रही हूँ। मैंने आपकी आवाज पहचान ली है, पर मैं आपका नाम जानना चाहती हूं।"

"दीदी!"

"आपने मुझे दीदी कहा है! बहुत-बहुत शुक्रिया! पर मैं आपका नाम जानना चाहती हूँ।"

"दीदी! क्या आप ऐसा नहीं मानतीं कि इन्सान से इन्सान का कोई ऐसा मासूम रिश्ता भी हो सकता है जिस रिश्ते का कोई नाम न हो और जिसमें किसी को एक दूसरे से कोई गरज न हो?"

"अगर इस दुनिया में कोई इस जैसा विश्वास दे सके तो मैं विश्वास करना चाहती हूँ।"

"मेरे पास आपको देने के लिए और कुछ नहीं, पर यह विश्वास मेरे पास है—"

"अच्छा! पर इस विश्वास को एक रहस्य बने रहने की क्या जरूरत है?"

"रहस्य कुछ नहीं दीदी! कुछ लोग आपके रास्ते पर जानबूझकर कोई पत्थर या कांटा रखते रहते हैं कि किसी पत्थर से टकराकर आपका पैर ज़ख्मी हो जाए या कोई कांटा आपके पैरों में उतर जाए। मुझे जब कभी मालूम हो जाता है, आपको उसकी खबर दे देता हूं। इससे ज्यादा मैं आपकी जिन्दगी में कोई दखल नहीं देना चाहता।"

"मैं ऐसे मेहरबान को देखना चाहती हूँ।"

"मेहरबानी जैसे लफ़्ज़ से मेरा कोई लेना-देना नहीं, पर अगर यह आपका हुक्म है तो···"

"हुक्म जैसा शब्द मैंने कभी नहीं सोचा, पर अगर आप मेरे आग्रह को इसी लफ़्ज़ की सूरत में देखना चाहते हैं तो यही लफ़्ज़ सही।"

"अच्छा दीदी ! मैं यह हुक्म मान लूंगा, जब आप कहें मैं आपके दफ्तर आ जाऊंगा।"

"आज इतवार है, मैं घर पर हूँ, आप यहां आ सकते हैं ?

"मैं आधे घण्टे तक आ सकता हूँ।"

"मैं आपका इन्तजार कर रही हूँ।"

आनेवाला जब आया कामिनी को उसकी तरफ देखकर लगा जैसे उसे पहले भी कहीं देखा हुआ हो। उसकी उमर तीस साल के करीब होगी, तीस या बत्तीस साल की। रंग जरा-सा सांवला था, पर नक्श बहुत तीखे थे। खासकर उसकी आंखों में एक जलती-बुझती रोशनी थी जिसमें ज़िन्दगी की तपिश भी थी और उदासी भी···

"मेरा नाम हरदेव है," उसने कहा।

"हरदेव !" कामिनी ने इस लफ़्ज़ को दुहराया, कुछ याद नहीं न आया। इसपर भी कामिनी को लगा कि उसने इस हरदेव को कहीं देखा था।

सर्दियों की ठंडक झीनी पड़ गई थी, इसलिए धूप नहीं सुहाती थी। कामिनी ने धूप में पड़ी हुई बेंत की कुर्सियों को छाया में रखा और हरदेव को बैठने के लिए कहकर पूछा, "मैंने पहले भी आपको कहीं देखा है, पर याद नहीं आ रहा···"

"शायद स्टेशन पर देखा हो।"

"स्टेशन पर ?"

"एक बार आप औरतों के एक डैलीगेशन को स्टेशन पर लेने गई थीं ··· एक बार और आप किसी विदेशी लेखक को स्टेशन पर छोड़ने गई थीं। मैंने आपको वहां प्लेटफार्म पर देखा था। आपने भी शायद वहीं मुझे देखा हो।"

"याद आया। मैंने एक बार नहीं दो-तीन बार आपको प्लेटफार्म पर देखा था। मैंने तब यह भी सोचा था कि मैं जब भी स्टेशन पर आती हूँ, यह आदमी हमेशा यहां होता है, शायद अक्सर सफर करता है।"

"मैं सफर नहीं करता।"

"क्या मतलब?"

"यूं ही कई बार स्टेशन पर चला जाता हूँ। कहीं जाना नहीं होता, बुक-स्टाल पर खड़ा होकर किताबें देखता हूँ, एक-आध खरीद भी लेता हूं, आती हुई गाड़ियों को देखता हूं···।"

"सिर्फ गाड़ियों को देखने के लिए आप वहां ···।"

"आप इसे मेरा पागलपन समझेंगी। पर दीदी··· जब लोग इस शहर से जाते हैं—मुझे ऐसा लगता है जैसे मेरा अपना भी कोई इस शहर से जा रहा हो, और जब लोग इस शहर में आते हैं, मुझे लगता है जैसे मेरा भी कोई इस शहर में आया हो।"

"यह शहर ··· " कामिनी ने कहा, पर इसके आगे उसे शब्द नहीं मिल रहे थे।

"इस शहर में मेरा कोई भी नहीं, पर इस शहर में जितने भी लोग रहते हैं, वे सब मेरे हैं।"

एक ठंडा-सा कम्पन कामिनी के बदन में उतर गया। कामिनी ने अपनी कुर्सी खींचकर धूप में कर ली।

"क्यों दीदी! हर इन्सान के दिल में एक कोलम्बस नहीं होता?"

"कोलम्बस?"

"कोलम्बस ने इस दुनिया में धरती के कुछ खंड पहली बार तलाशे थे। हर किसी में तो नहीं, पर कुछ लोगों में हमेशा एक कोलम्बस होता है जो मन की विशाल दुनिया में धरती के नये-नये खंडों की तलाश करता रहता है।"

"हां।"

"आदमी का मन जाने क्या होता है, विशाल धरती भी होता है, विशाल समुन्दर भी होता है और एक गहरी खान भी।"

"पर कई बार इसमें से जो कुछ मिलता है··· ।"

" मिलने के लिए होता ही कुछ नहीं, दो कदम चलो और जमीन खत्म हो जाती है। एक गोता लगाओ, तो मालूम होता है कि यह समुन्दर नहीं, एक छोटा-सा तालाब है। खानों में से भी हमेशा सोना नहीं निकलता—मिट्टी और रेत निकलती है··· ।"

"आप कभी नज्म भी लिखते हैं?"

"नहीं।"

कामिनी हंस दी बोली, "आपको देखकर यह ख्याल आता है कि कुछ लोग ऐसे शायर भी होते हैं जो कभी नज्म नहीं लिखते।"

हरदेव भी हंस पड़ा, पर उसकी हंसी ऐसी थी जैसे वह उसके होंठों को बिल्कुल न छुई हो···

"मैं लिखता कभी नहीं, पर जब कभी कोई बहुत अच्छी नज्म पढ़ता हूँ या बहुत अच्छी कहानी, तो मुझे लगता है कि मैं इस लिखने-वाले में कहीं शामिल हूं।"

हरदेव की बात सुनकर कामिनी ने संजीदगी से हरदेव की तरफ देखा और पूछा, "आपको कैसी नज्मे पसन्द हैं? कैसी कहानियां? किन-किन लोगों की?"

"मैंने एक डायरी बनाई हुई मै जिसमें कई बार कई पंक्तियां लिखकर रख लेता हूं··· जहां कहीं भी कोई पंक्ति अच्छी लगती है ··· किताबों को मैं हर जगह अपने साथ नहीं ले जा सकता, पर यह डायरी हर समय मेरे साथ होती है ··· इस तरह दुनिया की कई किताबें हर समय मेरे साथ होती हैं···मैं प्रेस ब्रांच में काम करता हूं, वहां किताबों से तो नहीं, अखबारों से बहुत वास्ता पड़ता है। उनमें भी कभी-कभी कुछ मिलता रहता है।"

"मैं कभी आपकी यह डायरी देख सकती हूं?"

"जब कभी आपका मन हो देख लेना···इसमें मेरा व्यक्तिगत कुछ ऐसा नहीं जिससे मुझे संकोच हो···ये पंक्तियां कई लोगों ने कहीं - न कहीं पढ़ी होंगी··· आपने भी इनमें से कई पंक्तियों को पढ़ा होगा।"

"पर अब जब आपकी डायरी में लिखी हुई पढ़ूंगी तो मुझे यह बात भी याद आती रहेगी कि आपने कहा था, 'मैं जब कभी कोई बड़ी अच्छी नज्म पढ़ता हूं या बड़ी अच्छी कहानी, तो मुझे लगता है कि मैं इसको लिखने वाले में कहीं शामिल हूं।' "

"पर दीदी! यह बात ठीक नहीं कि हमें सिर्फ वही नज्मे और वही कहानियां अच्छी लगती हैं जिनके ख्यालों और जिनके पात्रों में हम अपने को पहचानने की कोशिश करते हैं···अपनी आइडेंटीफिकेशन।"

"बड़ी ठीक बात है! इसीलिए मैं आपकी डायरी पढ़ूंगी, और जिन पंक्तियों में से आपकी अपनी पहचान आती है उन्हें पढ़कर आपको पहचानूंगी।"

"मेहरबानी।"

"मेहरबानी? पर आज आपने टेलीफोन करते हुए बताया था कि मेहरबानी जैसे लफ़्ज़ के साथ आपका कोई लेना देना नहीं है?"

"मेरा नहीं पर आपका तो हो सकता है।"

"मेरा ही क्यों?"

"क्योंकि आपने मेरी डायरी को पढ़ना चाहा है, मुझे जानना चाहा है। नहीं तो ज़िन्दगी इसी बात को तरसते गुज़र जाती है कि जिन्हें हम अपना कुछ दिखाना चाहते हैं, वे कभी भूलकर भी उसे देखने की या जानने की कोशिश नहीं करते। फिर जब आप जैसा कोई राह चलते देखने की कोशिश करे तो क्या यह उसकी मेहरबानी नहीं? जबकि वे लोग चुपचाप दूर चले जाते हैं जिन्हें वास्तव में हमेशा पास खड़े रहना चाहिए था।"

अकेलेपन के अहसास का एक ठण्डा-सा कम्पन कामिनी के बदन से गुज़र गया। उसने कन्धों पर ओढ़ी हुई गर्म चादर को ज़रा-सा कसकर अपने गिर्द लपेट लिया और धीरे से बोली:

"वह कोई कैसा होगा, जो चुपचाप दूर चला गया?"

"होगा तो अच्छा ही जो कि अब तक याद आता है।"

"और जो कभी शिकवा करने की भी इजाजत नहीं देता?"

"मालूम नहीं किसी में क्या होता है, शिकवा भी ज़बान पर नहीं आता। वह दूसरा तो इजाज़त देने या न देने से भी बेगाना हो गया होता है।"

"पर क्या यह सब कुछ उसीमें होता है? उस किसी दूसरे में? यह सब अपनी नज़र में नहीं होता?"

"नहीं दीदी। महज नज़र में ही होता तो यह नज़र उस किसी के सिवा कभी किसी और को भी देख सकती, भटक सकती। पर उस किसीमें क्या होगा कि नज़र को कुछ देखने का ख्याल ही नहीं आता।"

कामिनी कुछ कहने चली थी, पर उसने कुछ न कहा। कुछ देर बाद उसने पूछा, "अच्छा! तो आप आज टेलीफोन पर मुझे क्या बताना चाहते थे?"

"यह कहना था कि आपके पास नासिर साहिब की या किसी और की कुछ चिट्ठियां पड़ी हों तो संभालकर रखना!"

"क्या मतलब?"

"शहर में कुछ ऐसे लोग हैं···जगीरसिंह का तो आपको मालूम है···"

"पर जगीरसिंह तो सुना है आजकल···"

"आजकल वह आगरे के पागलखाने में है, पर इस शहर में कई और भी जगीरसिंह हैं···जगीरसिंह के सारे दोस्त उसी जैसे हैं।"

"आपको यह सब कैसे पता चल जाता है?"

"मैं कभी जगीरसिंह के दोस्तों में से था। तब मैं उसकी असली सूरत से वाकिफ नहीं था। वह नज्में लिखता था, इसी वजह से मैं उसका दोस्त बन गया था। दोस्त क्या, वाकिफ कहिए। भ्रम टूट गया, कदर भी जाती रही···वह कई बार गुरुद्वारे ले जाकर अपने दोस्तों को कसमें खिलाया करता था कि वह जो कुछ करेगा उसके दोस्त उसमें उसका साथ निभाएंगे। एक बार मुझे भी उसने यह कसम दिलानी चाही थी···पर मैं उसके बस में नहीं आया। उन सबका यही धन्धा है।"

"यह चिट्ठियों की क्या बात है?"

"वे आपके खिलाफ कुछ लिखना चाहते हैं, लिख भी रहे हैं। पर उनके पास लिखने के लिए कोई ठोस बात नहीं है। वैसे किसी औरत के खिलाफ लिखना बड़ा आसान होता है। अगर लिखनेवाले के पास ज़मीर न हो तो न सच्चाई की ज़रूरत होती है न सबूत की···हमारे देश की सड़कों से इतनी मिट्टी उड़कर कपड़ों पर नहीं पड़ती जितनी तोहमतें उड़कर औरत के साथ आ चिपकती हैं। पर जगीरसिंह के साथियों ने, आजकल सोच रखा है कि नासिर साहिब या किसी और की चिट्ठियां आपको ज़रूर आती होंगी। वे चिट्ठियां किसी तरह घर से चोरी की जाएं।"

"मेरे घर से चोरी की जाएं?"

"आपने पिछले दिनों एक लड़की रोटी बनाने के लिए रखी थी?"

"हां ···रखी थी। वह लड़की···"

"मुझे पहले मालूम नहीं हो सका था, नहीं तो मैं आपको पहले पता देता। वह लड़की जगीरसिंह के एक दोस्त ने भिजवाई थी।"

"वह लड़की ···पर वह तो कहती थी ··· "

"वह जो कुछ भी कहती रही हो, दीदी! उसे सब कुछ सिखाकर भेजा गया

था। उसने आपसे कहा होगा कि पाकिस्तान के बंटवारे के दिनों उसके मां-बाप उससे बिछड़ गए थे···वह एक अच्छे घर की लड़की थी ···पर अब उसे इतनी छोटी नौकरी करने की ज़रूरत पड़ रही थी···"

"मैंने रोटी बनाने के लिए कभी किसी को नहीं रखा, पर उस लड़की को जब मैंने रोते हुए देखा तो मुझे उससे हमदर्दी हो आयी···वह मुझे इतना प्यार करने लगी थी, जैसे में उसकी मां या बहन होऊं।"

"वह आपकी अलमारी या बक्सों में से सिर्फ चिट्ठियों की तलाश करने आई थी, और यह देखने आई थी कि नासिर साहब आपको कितनी दफा मिलने आते हैं।"

"माई गॉड! एक-दो बार··· "

"आप कुछ कहने चली थी।"

"एक-दो बार मुझे शक पड़ा था कि मेरी अलमारी की कई चीजें अपनी जगह से हिली हुई थीं···एक बार मेरी मेज़ के खानों में भी कुछ कागज इधर-उधर पड़े हुए थे···पर मैंने शक नहीं किया था··· "

"मुझे मालूम हुआ कि उसे कुछ नहीं मिला था। फिर उसने आपकी नौकरी छोड़ दी थी, कहा था कि उसका चाचा उसे नौकरी करने देना नहीं चाहता।"

"हां, उसने यही कहा था।"

"आगे से किसीको बिना जान-पहचान के घर में नहीं रखिएगा।"

"पर वह लड़की···उसका चेहरा बड़ा ही भोला दिखता था···गोल-सा चेहरा···जब मैं लिखती होती, वह झट मेरे लिए चाय बनाकर ले आती थी··· मुझे कभी कहने की भी ज़रूरत नहीं पड़ती थी। जब मैं थकी होती···वह मेरे मना करने पर भी मेरे पैर दबाने बैठ जाती थी··· किसीका चेहरा इतना···"

"डिसेप्टिव फेस!"

"मैं सोच भी नहीं सकती कि वह लड़की···सत्रह अठारह साल की वह लड़की···"

"मैंने नासिर साहब को दूर से देखा है, बहुत अच्छे इन्सान दिखते हैं। आपके दोस्त हैं, इसलिए ज़रूर अच्छे होंगे। वे अगर आपको चिट्ठी भी लिखें तो वह एक नज्म की तरह खूबसूरत होगी। पर ये जो लोग हैं··· इनका किसी खूबसूरती से कोई ताल्लुक नहीं होता। इसलिए आप अपने खतों को सम्भालकर रखिएगा। मुझे बस इतना ही कहना था···"

हरदेव के हाथ में कपड़े का एक छोटा-सा थैला था। उसने उसे खोला और एक डायरी निकालकर कामिनी को दे दी—"आप इस डायरी को पढ़ना चाहती थीं।"

कामिनी ने डायरी को ले लिया। हरदेव के चले जाने पर कामिनी ने हाथ में पकड़ी हुई डायरी को खोला। जो भी पृष्ठ सामने खुल आया वह उसे पढ़ने लगी।

डायरी पढ़ते-पढ़ते कामिनी ने अपने मन में एक तरह की घुमड़न महसूस की, "कोई इन्सान के किस चेहरे की तरफ देखे! एक तरफ उस लड़की का चेहरा जो महज़ झूठ था और उसके पीछे जगीरसिंह जैसे लोगों की कतार···और एक तरफ इस हरदेव का चेहरा जो निरा सच है···कोई देखे तो इन्सान के किस चेहरे की ओर देखे···।"

उसका बचपन

हरकृष्ण लाल बम्बई के मशहूर कलाकार हैं, उनके चित्रों की नुमाइश दुनिया के कई हिस्सों में भी हुई, और अपने देश में भी अकसर होती रहती है। बहुत बरसों से वह परिचित थे, लेकिन जब दिल्ली में उनसे कुछ मुलाकातें हुई तो उनके हुनर और ज़िन्दगी को लेकर मैंने कई मजमून लिखे थे, और फिर 1983 में एक उपन्यास लिखा 'ना राधा ना रुक्मणी'...

इसके लिए वह रोज़ दोपहर को ढाई बजे मेरे पास आते थे, और करीब दो ढाई घंटा मैं उनकी ज़िन्दगी के हालात सुनती और नोट्स लेती रहती...

देखा इस उम्र में भी उन पर अपने बचपन के दिनों की छाया लिपटी हुई है, और ठीक उन दिनों के अहसास जब कागज़ पर उतरे, और पढ़ते हुए वह इस तरह भीग गए, मुझे एक गहरी तसल्ली का अहसास हुआ कि मैं वह सब लिख पाई हूं...

यह उपन्यास पंजाबी-हिन्दी में प्रकाशित हुआ था और अब नेशनल बुक ट्रस्ट ने उसे और ग्यारह भारतीय भाषाओं में प्रकाशित करने के लिए ले लिया है। उसी से यहां हरकृष्ण के बचपन का हिस्सा दर्ज कर रही हूं...

वे कूचे : वे गलियां

चेतना का एक तार जो उसके आज से भी जुड़ा हुआ था, और साठ वर्ष नीचे भी किसी जगह से जुड़ा हुआ था, उसके मन में चमक उठा और उसे याद आ गया—यह गुल्लू चाचा का तोता है···

वह घिसटता-खड़ा होता हुआ अपनी खिड़की में पहुंच गया है, और गली में सामने वाले घर के बरामदे में खड़े हुए गुल्लू चाचा और सैनी चाची उसे आवाज़ें दे रहे हैं···

फिर सैनी चाची ने पता नहीं खिड़की में से बांहें लटका कर, या पता नहीं सीढ़ियों से आकर, उसे अपनी बांहों में उठा लिया है···

'मेरा कृष्ण···मेरा लाल···'सैनी चाची उसे गले से लगाते हुए कहे जा रही हैं और उसका तोता उसकी आवाज़ के पीछे - पीछे बोले जा रहा है—लाल···लाल···लाल···

देखा, वहां एक टोकरे के नीचे बहुत सारे बटेर हैं और एक टोकरे के नीचे बहुत सारे चूज़ें ···

वह छोटी-छोटी उंगलियां टोकरों के छेदों में डाल कर टोकरों को ऊपर को सरका लेता है, और सारे बटेर और सारे चूज़े आंगन में दौड़ने लगते हैं ···

'ओ बेईमान··· ' सैनी चाची बटेरों और चूजों के पीछे-पीछे दौड़ते हुए उसे कहे जाती है, 'ओ बेईमान···'

वह हंसे जाता है, और आंगन में दौड़ती हुई सैनी चाची के पल्ले को मुंह के आगे रखकर कहता है—'झा माइयां···'

उसका दौड़ना खत्म नहीं होता, और वह हंसता हुआ आंगन में लेटे हुए गुल्लू चाचा की छाती पर बैठ जाता है···

गुल्लू चाचा उसके मुंह में अंगूर डाले जाता है ···

गुल्लू चाचा की नंगी छाती पर एक लाल रंग का मस्सा चमकता है, और वह छोटी-छोटी उंगलियों से उस लाल-से दाने को पकड़ना चाहता है···

वह लाल-सा दाना उसके हाथ में नहीं आता, गुल्लू चाचा की छाती से चिपका हुआ है···

फिर शायद उस लाल दाने को पकड़ते-पकड़ते वह कुछ बड़ा हो गया है। गुल्लू चाचा उससे पूछता है, 'तुम यह लाल दाना उखाड़ कर क्या करोगे?' तो वह जवाब देता है, 'मैं अंगूठी में लगाऊंगा···'

उसके गले के गिर्द कितने ही धागे लिपटे हुए हैं और वह छोटी-छोटी उंगलियों से उन धागों को खींचता है···

सैनी चाची उसके हाथ को हटाते हुए कहती है, 'यह मैंने तेरी रक्षा के लिए डाले हैं, कृष्णा साबुनगरों की मस्जिद में एक फकीर आया था, उसी से तावीज़ लेकर तेरे गले में डाले हैं ···"

हरकृष्ण पत्थर की मुंडेर पर बैठा हुआ, कभी अपने गले को टटोलता है, कभी हाथों की उंगलियों को जिनमें कोई छाप-छल्ला नहीं पड़ा हुआ है।

सामने आसमान का चंद्रमा आसमान के गले में एक गहरे सांस की तरह रुक जाता है···

हरकृष्ण को सब कुछ याद आता है—

लुधियाने में, कूचा लक्ष्मीनारायण वाले उनके घर के सामने गुलाब मुहम्मद का घर था, जिसे वह गुल्लू चाचा कहा करता था···

उसके अपने घर में कभी मांस या मछली नहीं पकती थी, इसलिए गुल्लू चाचा और सैनी चाची अपने घर पर भी उन्हें हमेशा अंगूर और शरदे की फांकें खिलाया करते थे, मांस-मछली उसके मुंह से कभी नहीं लगाते थे।

उनके घर में कोई बच्चा नहीं था, इसलिए मीनाकारी वाले थाल हमेशा रसोई में सजे रहते थे, उनमें खाना कोई नहीं खाता था। पर वह जब उन थालों के लिए ज़िद करने लगता था, तो सैनी चाची एक थाल उतार कर, उसमें उसे अंगूर डाल कर देती थी···

गुल्लू चाचा रईसाना मिज़ाज का आदमी था, दड़ा खेलता था, बटेर लड़ाता था, और जब दड़ा खेलने वाले दिन उसे कोई नम्बर लगाना होता था, बालक कृष्ण से नंबर पूछता था, और जो नंबर उसके मुंह से निकलता था, वही वह खेल आता था।

कई बार नंबर ठीक पड़ता था, और गुल्लू चाचा उस दिन उसे बहुत सारी मिठाई खिलाता था···

फिर वह जब भी सैनी चाची के घर आता था—वह उसे बांहों में लेकर खुद भी जैसे नाचने लगती थी, और जोर-जोर से कहती थी, 'देखो जी! देखो जी! मेरे घर मोर आया···'

और वह रोज मोर बनकर सैनी चाची के आंगन में नाचा करता था···मोर के पंखों की तरह हरकृष्ण की यादों में रंग भरते गए···

याद आता गया—फिर जब वह बड़ा होकर स्कूल में पढ़ने लगा था, तो गुल्लू चाचा के राज में जब भी शहर में रोशनियों का मेला लगता था, दूर-दूर से कव्वाल आते थे नौटंकियां आती थी, बाइस्कोप आते थे, तो उन्हें देखने के लिए—उसके लिए, और उसके स्कूल वाले दोस्तों के लिए हमेशा जगह आरक्षित होती थी···

और यादों के रंगों पर अचानक एक कुहासा-सा छा गया, जब हरकृष्ण को याद आया कि मुल्क के बटवारे के समय, वह बंबई से लुधियाने आया था. तो पता लगा था कि गुल्लू चाचा और सैनी चाची सरहद के पार चले गए हैं···

उनके पहले कुछ बरस सुख के नहीं थे। गुल्लू चाचा ने सब कुछ दड़ों में हार दिया था। मीनाकारी वाले बर्तन बेच-बेच कर कुछ दिन घर की पत रखी थी, पर फिर उसे घर-घाट बेचकर धोबियों के अहाते में तंबू लगाकर रहना पड़ा था।

हरकृष्ण को कालिज की फीस के लिए जो रुपये मिलते थे, उनमें से कुछ रुपए जोड़कर वह धोबियों के अहाते में रह रही सैनी चाची की जेब में डाल आता था, लेकिन तब भी उन्हें अपने और गुल्लू चाचा के अच्छे दिनों की उम्मीद लगी रही थी···

लेकिन मुल्क का बटवारा सारे 'अच्छे दिनों' पर पाले की तरह पड़ गया ···

बहुत अर्से बाद, किसी आते-जाते से सुना कि लाहौर में रह रहे गुल्लू चाचा की मोजंग के चौक में एक टांगे से टक्कर हो गई थी, और चौक में पड़ी हुई उसकी लाश के पास खड़ी सैनी चाची पागलों जैसी होकर कुछ ही दिनों में मर गई थी···

हरकृष्ण की आंखों में तीस बरस में रुके हुए आंसू बह निकले···

किसी चौराहे पर लहू से भीगे हुए गुल्लू चाचा की वह सूरत सामने आ गई, जो उसने कभी देखी नहीं थी···

और सड़क पर पड़ी मशहदी लुंगी को वह हाथ से उठाकर गुल्लू चाचा की कमर के गिर्द लपेटने लगा···

तिल्ले वाली जूती भी सड़क पर औंधी पड़ी हुई थी। वह जूती को हाथ से सीधी करने लगा···

और फिर उसने पागलों की तरह सड़क पर दौड़ती हुई सैनी चाची के सिर का वह पल्ला हाथ में थाम लिया, जिसके एक कोने को थाम कर वह कभी 'झा माइयां' कहा करता था···

और पत्थरों की दीवार से टक्करें मारती हुई समुद्र की लहरों की तरह, वह जोर-जोर से कहने लगा, 'चाची! जिस तरह तुमने मेरी रक्षा के लिए फकीरों के तावीज़ मेरे गले में डाले थे, उसी तरह अपनी रक्षा के लिए तुमने मुझे तावीज़ की तरह गले में डाला हुआ था,··· पर इन मुल्कवालों ने हमारे गले के तावीज़ क्यों तोड़ दिए···

'देखो, गुल्लू चाचा! जो लाल मोती तुम्हारी छाती पर लगा हुआ था, मुझे वही तो नगीने की तरह अपनी अंगूठी में जड़वाना था···तुम मेरा लाल मोती अपने साथ ही ले गए, और इसलिए मेरे हाथ में आज तक कोई अंगूठी नहीं है···'

और हरकृष्ण को याद आया—जब वह बहुत छोटा था, गुल्लू चाचा उससे पूछा करता था, 'तुम बड़े होकर क्या बनोंगे?'

और मैं जवाब में पूछा करता था, 'सबसे बड़ा अफसर कौन-सा होता है?'

वह सोच-सोचकर कहा करता था, 'डिप्टी कमिश्नर। उसे बड़ी तनख्वाह मिलती है, बड़े सौ···'

और मैं बांहे फैलाकर कहता था, 'इतने रुपये?'

वह कहता, 'हां, इतने रुपये। लेकिन तुम इतने रुपयों का क्या करोगे?'

और वह रुपये बांटने बैठ जाता था। कहता था, 'दो सौ रुपए सैनी चाची को दूंगा, दो सौ गुल्लू चाचा को···'

और उस समय मुझे 'बग्घा' भी याद आ जाता था, जो उनका नौकर था, और रात को मुझे सोए हुए को घर छोड़कर आता था। और मैं कहता था, 'दो सौ रुपये बग्घे को···'

रुपयों के बांटने के हिसाब में मैं बाऊजी को भी गिनता था, मां को भी, और अपनी बहन को भी···

गुल्लू चाचा बहुत हंसता था, कहता था, तुमने सारे रुपये बांट दिए। अब तुम खुद रोटी कहां से खाओगे?'

और मैं उसके सवाल पर हैरान हो जाता था, 'मुझे तो रोटी आप खिलाएंगे···'

उस समय सैनी चाची उसे अपनी बांहों में कस लेती थी, कहती थी यह तो मेरा मोर है, यह मेरे आंगने में नाचेगा··· ?'

और हरकृष्ण ने हाथ में थमी हुई बीअर की खाली बोतल को दीवार के साथ बह रहे समद्र में फेंकते हए, एक खाली - सी नज़र से समुद्र की ओर देखा··

बीते हुए वर्ष पानी की लहरों की तरह कभी सिर ऊपर उठाते थे, कभी पानी में डुबा लेते थे···

उसी डूबती-उतराती-सी आवाज़ में हरकृष्ण के मुंह से निकला, 'सैनी चाची, न मेरे पास तुम्हारा आंगन है, न कोई अपना आंगन लेकिन मैं तुम्हारा मोर था, इसलिए मोर के पंखों वाले सारे रंग मैंने कैनवसों को दे दिये हैं···

हरकृष्ण को गुल्लू चाचा का वह आंगन कितनी ही देर तक याद आता रहा, जो हिन्दुस्तान और पाकिस्तान की राजनीति के समुद्र में एक टापू की तरह डूब गया था··

अचानक एक नाम उसकी स्मृति में जैसे चमकने लगा :

अल्ला रक्खी···

अल्ला रक्खी के बदन को कभी उसने एक जवान मर्द की तरह नहीं छुआ था, सिर्फ एक अनजान बालक के समान स्पर्श किया था, लेकिन उसके बदन की महक अभी भी एक धरोहर की तरह सांसों में बैठी हुई थी—

मां के दूध की महक की तरह···

मन्दिर की धूप की सुगन्धि की तरह···

और उसके बिछौने में से अचानक सारे देशों की जवान और हसीन लड़कियां लोप हो गई और वह अल्ला रक्खी की ज़ात से भर कर उसकी छाती की ममता से पुलकित हो गया···

आज से लगभग साठ बरस पहले की एक घड़ी ने जैसे दूसरा जन्म धारण कर लिया···

वह बस कोई तीन बरस का रहा होगा, जब उसकी अल्ला रक्खी कहीं खो गई थी···

उसके लुधियाने वाले घर के सामने वाला घर गुल्लू चाचा का था, और उसके साथ लगा हुआ घर डुड्डू दर्ज़ी का था। अल्ला रक्खी उसी डुड्डू की बेटी थी, और कोई पन्द्रह बरस की उस अल्ला रक्खी के पास गज़लें और नातें गाने की जैसे खुदा-दाद बख्शिश थी···

एक बरस के बालक कृष्ण को वह गले से लगा कर जब किसी नात के बोल उठाती थी, गली के लोग कहते थे कि तब उड़ते हुए पंछी रुक जाते थे···

फिर हरकृष्ण जब कोई तीन बरस का हुआ, और रक्खी कोई सत्रह बरस की, तो एक दिन के चढ़ते सूरज ने अपना मुंह काले बादलों के पीछे छिपा लिया। रक्खी के घर वाले और अड़ोसी-पड़ोसी, शहर का चप्पा-चप्पा ढूंढ़ रहे थे, लेकिन रक्खी कहीं मिल नहीं रही थी···

कृष्ण के लिए सूरज जैसे रोज सवेरे चढ़ते ही डूब जाता था···

और फिर कोई बीस दिन बाद, उसके लिए ऐसा सूरज उदय हुआ जैसा कभी नहीं हुआ था···

रक्खी अपने घर के दरवाज़े के आगे खड़ी हुई थी···

उसके पिता के हाथ में लम्बी सोटी थी, और उसके गिर्द कितने ही लोग इकट्ठे हो गए थे, लेकिन कृष्ण ने लोगों की टांगों के बीच में से रास्ता बनाया था, और जार-जार रो रही रक्खी के गले से चिमट गया था···

उसके पिता के हाथ से उसी समय उसकी सोटी छूट गई थी और इर्द-गिर्द खड़े हुए लोग गाली-गलौज करते हुए ऐसे चुप हो गए थे, जैसे उनके जबड़ों को ऐंठन पड़ गई हो···

मेरा कृष्ण···मेरा कृष्ण···कहते-कहते रक्खी ने उसे अपने सिर के पल्ले में छिपा लिया था···

हरकृष्ण को यह बहुत अर्से बाद पता लगा कि अल्ला रक्खी पुलिस के एक इन्सपेक्टर के साथ कहीं चली गई थी, जहां से उसके मां-बाप पकड़कर ले आए थे···

और फिर शायद उसकी जात वालों के सारे दरवाज़े उसके लिए बंद हो गए थे, वह शहर के एक बाहरी मोहल्ले में एक चौबारा लेकर अकेली रहने लगी थी···

कभी-कभी वह बुरका पहनकर अपनी गली में आ जाया करती थी···

एक बार कृष्ण को उठाकर वह अपने साथ ताज़िए दिखाने भी ले गई थी···

उसे अभी तक याद है कि बहुत सारी भीड़ को चीर कर रक्खी उसे उठाकर, ताज़िए के नीचे से निकालकर हसन के सफेद घोड़े दुलदुल तक भी जा पहुंची थी, और उसने कष्ण का हाथ घोडे से छुआया था। कहा था कि हसन के इस पाक घोड़े को हाथ लगाएं तो खुदा करम करता है···

शहर में रक्खी के गाने की धूम मच गई थी···लेकिन अब वह बुरका पहनकर अपनी पुरानी गली में कभी छठे-छमाही आ जाती थी, अपनी गली के लिए वह एक अजनबी हो गई थी···

हरकृष्ण बड़ा होता गया, और रक्खी शहर की दंतकथा बनती गई···

फिर पता लगा कि शहर का एक आदमी जो बड़े खाते-पीते घर का था, रक्खी के पीछे बर्बाद हो गया था और अब उसी के चौबारे में रहता था, उसका हुक्का भरता था···

बाजार की अधिकतर खरीदारी किया करता था, इसलिए हरकृष्ण ने उससे दुआ-सलाम का रिश्ता गाँठकर, एक दिन उसे अपने साथ रक्खी के पास ले जाने के लिए मना लिया था···

और उस आदमी ने भी शायद रक्खी के मुंह से उस बालक कृष्ण की बातें सुनी थीं, वह बड़े चाव से कृष्ण को रक्खी के चौबारे पर ले गया था···

चौबारों की महफिल क्या होती है, कृष्ण ने उस दिन पहली बार देखा। लेकिन सिर्फ एक नजर कि सफेद सी चादर पर मखमल के गोल-मोल तकियों का सहारा लगाकर बहुत ही शोहदे-से दिखने वाले कुछ लोग बैठे थे, और सितारों से चमकते हुए कपड़े पहनकर रक्खी उनके सामने गा रही थी···

लेकिन हरकृष्ण के पैरों ने दहलीज़ पार की ही थी कि रक्खी की आवाज़ उसके होंठों के भीतर ही बन्द हो गई···

वह जल्दी से उठकर दरवाज़े के पास आई जहां हरकृष्ण खड़ा था, और उसका हाथ पकड़कर उसे उल्टे पैरों सीढ़ियों में ले गई···

वहां सीढ़ी में उसने कसकर हरकृष्ण को गले से लगाया और कहा, 'तुम फिर कभी मत आना यहां, तुम्हें मेरी कसम···।'

और हरकृष्ण सारी ज़िन्दगी किसी भी चौबारे पर कभी नहीं जा सका···

● ● ●